성공 비타민

성공 비타민

초판 1쇄 | 2005년 9월 10일

지은이 | 김동범

펴낸이 | 김영재

펴낸곳 | 책만드는집

주소 | 서울 마포구 합정동 428 – 49 4층(121 – 886)

전화 | 3142 – 1585·6

팩시밀리 | 336 – 8908

E-mail | chaekjip@chol.com

등록 | 1994. 1. 13. 제10 – 927호

89-7944-226-2(03810)

당신을 성공 체질로 바꾸라

성공 비타민

김동범 지음

책만드는집

차례

인생의 성공과 행복한 삶은 함수 관계

우리가 살면서 가장 많이 듣는 단어는 학창 시절에는 공부고, 가정에서는 화목이고, 신체에 있어서는 건강이며, 이성 간에 있어서는 사랑이고, 삶에 있어서는 행복이라고 할 수 있다. 한편 무언가 뜻을 품고 일하려는 사고를 갖는 학창 시절부터 경제적인 능력을 상실하는 노후까지 기나긴 삶의 여정 동안 우리 인생 전반에 걸쳐서 꼬리표처럼 따라다니는 단어는 아마도 '성공' 이란 말일 것이다. 우리 부모님들이 자식들에게 학창 시절부터 성인이 되고 나서도 수없이 하시는 말씀 또한 열심히 노력해서 꼭 성공해야 한다는 훈시 어린 메아리다.

이렇게 성공은 마치 심연에 머물고 있는 물과 같이 우리 가슴속에 뿌리 깊이 박혀 의식 세계를 지배하고 있다. 특히 사회생활을 하다 보면 왜 성공을 해야 하는지 절실히 느끼게 되면서 어떻게 해야 그 길을 올곧게 갈 수 있는지에 대한 방법론을 벤치마킹하느라 너나없이 여념이 없게 된다.

그럼 성공이란 무엇일까? 단순히 출세나 부와 권력, 명예를 손에 움켜쥐는 것만을 의미하는 것은 아닐 것이다. 성공은 우리 인생의 복합적인 화합물의 결정체다. 이를 단적으로 말하면 성공이란, 인생을 행복하게 살아가는 것이라 할 수 있다. 우리가 공부든, 일이든, 작업이든, 연구든, 영업이든, 운동이든 모든 것을 열심히 행하는 궁극적인 목적은 보다 행복한 삶을 영위하기 위해서라고 할 수 있다. 즉, 시장경제 사회에서 일을 하는 제1차적인 목적은 경제적 이익의 추구이지만, 제2차적인 목적은 머무는 그곳에서 성공하여 멋있게 피날레를 장식하는 것이다. 그리고 마지막 목적은 성공을 함으로써 인생을 아름답고 풍요롭게 가꾸고 싶은, 즉 행복하고 싶은 욕망 때문이라고 할 수 있다.

그럼 행복이란 무엇일까? 사람마다 가치 기준이 다르겠지만 하고 싶은 일을 즐기면서 인정받는 것, 재미있고 풍요롭게 사는 것, 누군가에게 베풀고 보람을 느끼는 것, 마음이 날마다 평화로운 것, 기쁨과 만족을 느끼는 것, 오늘보다는 내일이 기다려지는 것 등이 행복일 것이다. 즉 행복이라는 단어의 저변에는 형이하학적인 면보다는 살가운 면이 더 많이 잠재되어 있다.

따라서 맡은 일을 충실히 하여 인정을 받았다고 해서 성공했다고 할 수 없고, 권세를 누리고 명예가 드높다고 해서 성공인이라 자부할 수 없으며, 경제적 능력을 발휘하여 부를 축적했다고 해서 성공적인 인생을 살았다고 단정 지을 수 없다. 왜냐하면 성공이라는 건 그 이면에 마음의 평화와 행복이 반드시 수반되어야 하기 때문이다. 성공은 주관적인 동시에 객관적인 것이어서 나 스스로 성공인이라 자신해도 남이 알아주지 않으면 그는 성공인이 아니요, 다른 사람에게 성공인이라 존경을 받아도 내가 불행에 젖어 있으면 이 또한 성공인이라 할 수 없다. 마음의 평화는 행복하면 저절로 생기게 마련이므로 성공의 이면에는 반드시 행복한 삶이 뒤따라야 한다.

그럼 어떻게 해야 '성공=행복'의 함수 관계가 성립될 수 있을까?

우선 맨 처음 성공의 날개를 펴는 시발점부터 성공 비타민인 마음의 씨앗이 잘 움트고 올바로 발아되도록 깊숙이 심어놓아야 한다. 그리고 될 성싶은 싹 위에 차곡차곡 밑거름과 자양분을 듬뿍 넣어주면서 지속적으로 관리를 해나가야 한다. 그래야만 노력의 결과물로 맺힌 성공의 열매가 달게 된다. 비록 성공을 향한 노정(路程)에는 인내와 좌절, 고난과 역경, 포기와 갈등, 절망과 후회라는 험한 파도가 수없이 다가와 훑고 지나가면서 쓴 자국을 남기지만 그것들이 결국에는 고진감래의 법칙과 같이 향기로운 냄새가 물씬 풍기는 행복의 길로 안내해주는 것이다.

성공을 하려면 성공을 위한 모멘텀(Momentum)이 형성되어야 하고 그 위에 제반 요소가 복합적으로 작용해야 한다. 따라서 멋지게 성공하여 아름답고 행복하게 살려면 성공의 사다리를 잘 올라가야 하는데, 필자는 이 책에 '다짐의 다리, 움틈의 다리, 실천의 다리, 성취의 다리, 가치의 다리' 이렇게 다섯 단계의 사다리를 제시해보았다. 이 다섯 단계의 사다리를 순차적으로 착실히 딛고 올라가야 성공의 열매를 온전히 거두는 것은 물론 진정한 인생 행복의 맛과 멋을 느낄 수 있으리라 확신하기 때문이다.

또한 성공을 하고 성공의 궁극적인 목적인 행복한 삶을 향유하기 위해 반드시 집고 넘어가야 할 실타래들을 각종 예화와 사례, 선구자들의 가르침, 명언, 아포리즘을 곁들여 필자의 경험을 바탕으로, 그리고 모든 성공인들의 성공 전략을 토대로 맛깔스럽게 꾸며보았다.

지붕에 사다리를 타고 한 발 한 발 디디며 올라가듯이 인생의 성공과 행복의 수를 놓아가는 과정을 음미하며 책을 탐독할 수 있도록 글을 풀어헤쳤으므로, 이 책이 가슴 깊이 와닿아 당신의 인생 성공으로 향한 여정에 디딤돌이 되어주리라 믿어 의심치 않는다.

-2005년 9월 김동범

내 인생의 로드 맵을 멋있게 펼치자

인간은 잘 보이지 않는 미래를 향해 걸어가고 있는 것처럼 보이지만 모든 변화를
기회로 받아들이는 자세야말로 미래를 개척한다. ─피터 드러커

목표 없는 인생은 빛 없는 불과 같다

전혀 목표를 가지고 있지 않는 것보다 보잘것없이 작은 목표라도 가지고 있는 편이 훨씬 낫다. 그것이 성공의 싹이 되어 인생을 보다 살찌우기 때문이다. 목표가 없는 사람은 결코 위대한 성공을 이룩하지 못한다. -칼라일

미국에서 있었던 실화다.

한 고등학교 체육 시간에 선생님이 한 학급 50명의 학생에게 작은 분필을 주고 "모두 전력을 다해서 되도록 높이 점프해보라"라고 지시를 내렸다. 그러고는 학생들에게 벽을 향해서 순서대로 점프하게 한 다음 가장 높이 점프한 곳에 분필로 표시하게 하였다.

며칠이 지난 다음 또다시 학생들을 집합시켜 이번에는 지난번 테스트에서 자기가 제일 높이 점프했던 높이보다 30% 더 높은 곳에 분필로 표시하게 하고 "여러분은 더 높이 점프할 수 있다. 표시가 된 곳을 목표로 하여 그보다 더 높이 점프하도록 노력해보라"라고 지시하였다. 그 결과 50명의 학생 중 절반인 25명의 학생이 그 표시보다 더 높이 점프하였다. 이것은 학생들의 반수가 목표를 부여받음

으로써 새로이 30%의 힘을 체내로부터 더 짜낼 수 있었다는 것을 의미한다.

며칠이 지난 후 다른 학급 학생 50명을 똑같이 집합시켜서 처음에는 될 수 있는 한 높이 점프하도록 지시하고, 두 번째는 목표를 주지 않고 단지 "여러분은 더 높이 점프할 수 있다. 될 수 있는 한 더 높이 점프하도록 노력해보라"라고 지시하고는 테스트를 하였다. 그 결과 이번 학급에서는 두 번째의 성적이 처음의 성적을 30% 이상 상회한 학생이 50명 중 불과 15명으로 30%에 지나지 않았다.

다음에 양 학급의 학생들에게 "두 번째의 자신의 성적에 대하여 어느 정도 만족감을 느꼈는가?"를 조사해본 결과, 맨 처음부터 목표를 부여받은 학급의 학생 중 목표를 달성한 학생은 예외 없이 "결과에 만족한다"라고 긍정적인 대답을 하였다. 그러나 목표를 부여받지 않았던 학급의 학생 중에서는 실제로 30% 이상이나 높이 점프해서 목표를 달성했으면서도 "만족한다"라고 긍정적으로 대답한 학생이 15명 중 8명에 불과했다. 나머지 7명은 애써 힘들게 좋은 성적을 올렸으면서도 이렇다 할 만족감을 맛보지 못한 것이다. 이는 자신이 성공을 했으면서도 그 성취감을 못 느꼈기 때문에 나타나는 심리적인 현상이다.

이 일화에서 우리는 살아가면서 목표를 명확히 하는 것이 인간의 잠재 능력 계발과 사고에 얼마나 큰 영향을 주는지 잘 알 수 있다.

이 간단한 실험은 목표라는 지침이 갖는 세 가지 효과를 우리에게 가르쳐주고 있다.

첫째, 누구든지 목표를 가지면 마음속에 내재된 에너지를 남김없이 동원할 수 있기 때문에 성과를 더 높일 수 있다. 즉, 목표와 성과는 비례한다.

둘째, 사람은 목표를 달성했을 때 비로소 자신이 한 일에 대해 만족과 즐거움을 느낄 수 있다.

셋째, 성취감이 없으면 뜻을 이루어도 전혀 그에 대한 만족을 못느껴서 일에 흥미를 잃게 됨은 물론 종국에는 일을 하기 싫어하는 상황까지도 발생하게 된다.

일이 좋아서 하는 것과 마지못해 하는 것은 그 결과가 사뭇 다르게 나타나는 법이다.

미국의 명문 사립대학인 예일대학교에서 전교생에게 장래 목표가 무엇인지를 물어보았더니, 전체 학생의 3%만이 자신이 왜 공부를 하는지, 나중에 무엇이 될 것인지에 대해 명확히 대답했다고 한다. 그리고 같은 학생들을 20년 후에 다시 조사해보니, 학교를 다닐때 확실한 목표를 가지고 있었던 3%는 성공하여 사회 유명 인사가되었지만, 그 질문에 분명한 목표를 제시하지 못했던 학생들은 대부분 적당히 살고 있었다고 한다. 이는 목표 설정의 유무와 그 구체성의 정도가 성공자와 실패자를 결정한다는 것을 증명하는 중요한 사례다. 자신에게 부여하는 목표의 제시가 그만큼 중요한 것이다.

세계 최대의 가전회사인 일본의 마쓰시타 그룹을 창업한 마쓰시타 고노스케는 '경영의 신'이라고 불리는 일본 최고의 기업가다. 마쓰시타 그룹은 무려 71개의 계열사를 거느리고 있는 거대한 기업군으로 마쓰시타 전기에서 생산된 제품은 이름만 들어도 알 만한 사람은 다 안다. 'Panasonic', 'National'이라는 상표를 가지고 있으며 'Sanyo', 'Aiwa'와는 친족 관계를 이루고 있다. 어느 날 한 신문사 기자가 마쓰시타 그룹의 장기 목표에 대해 다음과 같이 질문했다.

"회장님은 마쓰시다 전기의 장기적인 목표를 어느 정도까지 멀리 보고 정하셨습니까?"

그러자 마쓰시타는 다음과 같이 대답했다.

"250년입니다."

기자가 다시 질문했다.

"그럼 회장님! 목표를 달성하려면 무엇이 필요합니까?"

이에 마쓰시타는 "끈기입니다"라고 말했다.

그는 평상시에도 그룹 사장단과의 연석 회의장에서 줄곧 다음과 같이 말했다고 한다.

"사장님들은 10년 앞을 보고 경영을 하시오. 나는 100년, 200년 앞을 내다보고 일을 하겠소."

이것은 "조급하게 굴지 말고 뚜렷한 목표를 세운 다음, 모든 것을 장기적 관점에서 살펴보라"라는 교훈을 주는 말이다.

이처럼 250년 앞을 내다보고 설정한 목표와 이를 달성하려고 부단히 노력한 끈기가 세계적으로도 손꼽히는 오늘날의 마쓰시타 그룹을 만들 수 있었던 원동력이었을 것이다.

1980년 말 재정적 위기로 흔들리던 미국의 자동차 회사인 크라이슬러를 일으켜 세워 경영의 귀재라 불리우고 있는 리 아이아코카가 36세에 포드 자동차 부사장에 임명되었을 때, 아이아코카만큼 기뻐하고 놀란 사람도 없었다고 한다. 그는 리하이대학 시절 이미 35세까지 포드 자동차의 부사장이 될 목표를 세웠는데 그때 세운 목표를 현실로 이루었기 때문이다. 그는 그 목표를 달성하기 위해 대학교 때부터 자동차와 회사의 경영, 영업에 대한 연구와 학습에 몰두했다고 한다. 그런 그의 목표를 향한 집념이 그를 세계인이 존경하는 기업인의 자리에 오르도록 만든 것이다.

이와 같이 실제로 성공한 사람들은 저마다 인생의 목표가 뚜렷하고 그것을 달성하기 위한 수단으로 모든 것을 생각하는 까닭에 매사에 의욕적으로 일하며 비록 중도에 장애물이 있어도 이를 능히 뛰어넘는 용기가 다른 사람들보다 다섯 배 이상 강하다고 한다.

인간에게 있어서 인생의 목표는 바로 삶에 대한 가치의 표현이다. 미국의 심리학자 존 카터는 "바람직한 자기 성장을 위해서는 현실적이면서 장기적인 삶의 목표가 필요하다"라고 지적했다.

공자는 「논어」의 〈학이〉 편에서 "나는 15세에 학문에 뜻을 두고 50세에는 천명(天命)을 알았다"라고 말했다. 이와 같이 목표는 자기의 인생 목적과 맞는 가치에 뜻을 두고, 그것을 이루기 위해 보다 구체적인 계획과 욕망을 불태우는 정열을 가져야 실현될 수 있다.

서양 격언에 "목표가 없는 인생은 날벌레와 같다"라는 말이 있다. 목표가 없는 삶은 미개한 곤충처럼 아무 생각 없이 본능에 따를 뿐 새로운 도약을 가져올 수 없다. 목표는 인생의 희망과 같은 것이다.

목표가 없으면 계획도 없고 행동 또한 올곧게 할 수 없다. 계획이 없으면 그때그때 닥치는 대로 일을 처리할 수밖에 없고 그 결과는 뻔하다. 사실상 일을 마구잡이로 처리하는 것처럼 즉흥적이고 무책임한 행동이 어디 있겠는가? 결국 목표와 계획이 없으면 자신의 재능이나 노력을 모두 헛수고로 만들고 마는 것이다.

　사람은 어떤 목표를 위해 정진할 때 더 강한 힘을 발휘하게 된다. 또한 사람은 목표를 달성했을 때 비로소 자신이 한 일에서 즐거움과 보람을 느낄 수 있다. 유명한 장편 서사시 「신곡」을 지은 단테는 "나는 할 수 있다. 나는 해낸다. 나에게는 저력이 있다. 나에게는 오직 전진뿐이다. 이런 확고한 신념을 지니는 습관이 당신의 목표를 달성시킨다. 너의 길을 걸어가라. 사람들이 무어라 떠들든 내버려 두어라"라고 말했다.

　파키스탄에서는 연자방아를 돌리는 소의 눈을 검은 보자기로 가리는데 그 이유는 눈을 가리지 않으면 제자리를 도는 것에 지쳐 그만 주저앉고 말기 때문이라고 한다. 그렇지만 소의 눈을 가려놓고 회초리로 때리면 멀리 가는 줄 알고 한없이 걸어간다. 만약 우리 삶에 목표가 없다면 영문을 모르고 줄곧 제자리에서 연자방아를 돌리는 소와 다름없지 않을까? 뜻이 있는 곳에 길이 있는 법이다. 그 뜻을 이루고자 매진할 때 성공은 바로 당신의 것이 되는 것이다.

▶ 성공을 원하거든 인생의 목표를 세우라

성공을 원하거든 무엇보다도 먼저 자신의 목표를 정확히 설정하라.

일단 목표가 정해지면 마음은 끊임없는 자기암시와 판단을 통해 목표에 도달하기 위한 방법을 모색하기 시작한다. 목적지를 알고 가는 사람은 이미 절반은 도착한 셈이다. 하지만 목표가 없다면 돛대 잃은 배처럼 이리저리 휩쓸리다가 결국엔 좌초해버릴지도 모른다. 사람에게는 누구나 목표가 있다. 단지 이를 향한 아젠다와 로드 맵의 설정에 차이가 있을 뿐이다.

그렇다면 어떻게 해야 그 목표를 이룰 수 있을까?

먼저 꿈을 가져야 한다. 그런 다음 그 꿈에 동기를 부여하고 행동으로 옮겨야 한다. 행동으로 옮길 땐 다소 시간이 걸리더라도 끊임없이 연구하면서 나름대로의 원칙을 세워야 한다. 그렇게 한다면 당신은 목표에 다가가고 있음을 실감할 수 있을 것이다. 성공과 행복을 위한 공식은 첫째가 목표를 갖는 것이고, 다음에는 그 목표를 이루는 것이며, 마지막으로는 이룬 목표를 끝까지 지키는 것이다.

지금 즉시 종이 위에 당신의 삶과 일에 기쁨을 주는 것들을 적어보라. 되도록 구체적이고 정확하게 적으라. 한참 나열하다 보면 지우고 싶거나, 첨가하고 싶은 것들이 생길 것이다. 그때는 새 종이를 꺼내 중요하다고 생각되는 것을 적으라. 그러면 당신은 가장 중요한 인생의 목표가 무엇인지를 깨닫게 될 것이다. 인생의 목표가 설정되면 이를 좌우명으로 삼고 늘 가슴에 새기라. 그리고 자신이 세운 목표에 한 걸음 다가서게 해줄 일들을 실천에 옮겨나가라.

성공 TIPS 명확한 목표가 있는 사람은 넘어져 상처 입어도 다시 일어나 달려간다. 각자 인생의 목표를 세우고 그 목표를 향해, 지금은 비록 힘들더라도 꿋꿋이 나가 보자. 고지개(인생 목표) 바로 저긴데 여기서(현재) 머물 수는 없지 않은가? 인생 목표를 뚜렷이 세우고 그것을 향한 과정(직장 생활)에 최선을 다하자. 당신이 세운 궁극적인 인생의 목표를 향해 끊임없이 매진한다면 당신은 비로소 성공인이 될 수 있다.

당신의 진정한 꿈은 무엇인가

사람은 자기의 꿈, 즉 과거에 대한 추억의 꿈과 미래를 향한 열렬한 꿈을 가져야 한다. 나는 나의 꿈을 이루기 위해서 새로운 목표를 향해 나아가기를 결코 멈추지 않으련다. ─모리스 슈발리에

미국 뉴햄프셔 주에 있는 어느 시골 마을에 어니스트라는 소년이 살고 있었다. 소년의 집은 가난했다. 그의 집 앞에는 오랜 옛날부터 아주 자비로운 모습을 하고 있는 '큰 바위 얼굴' 이라는 커다란 바위가 있었다. 그런데 그 동네에 전해 내려오는 바에 의하면, 언젠가 그 큰 바위 얼굴을 닮은 사람이 마을에 나타날 것이라고 했다. 어니스트는 늘 큰 바위 얼굴을 바라보면서 그 사람이 오기만을 기다렸다.

한번은 장사로 크게 성공한 상인이 나타났다. 동네 사람들은 그 사람이 바로 큰 바위 얼굴을 닮은 사람일 것이라고 말했다. 그러나 그 상인의 마음속은 탐욕으로 가득 차 있었다. 사람들은 크게 실망했다. 얼마 후, 그 동네 출신인 군인이 나타났다. 그는 전쟁에서 승리한 영웅이었다. 동네 사람들은 이번엔 틀림없을 것이라고 기대했

지만 그 역시 마음이 거칠어 큰 바위 얼굴의 자비로운 모습은 찾아볼 수가 없었다. 그리고 얼마 후, 한 시인이 나타났으나 역시 큰 바위 얼굴과는 거리가 멀었다.

늘 큰 바위 얼굴을 바라보면서 '저 바위를 닮은 사람은 누구일까?' 생각하며 기다리고 있던 어니스트는 어느덧 세월이 흘러 초로의 신사가 되었다. 그런데 그의 얼굴이 그렇게 온화하고 자비로울 수가 없었다. 어느 날 동네 사람들은 그에게 "바로 당신이 저 큰 바위 얼굴을 닮은 사람이오"라고 말하며 기뻐했다.

학창 시절 우리에게 잔잔한 감동을 불러일으켰던 「큰 바위 얼굴」에 나오는 이야기다. 비록 하찮은 바윗돌이지만, 멀리서 보면 하나님이 빚은 사람의 얼굴처럼 신비스러워 보인다는 전설 같은 이야기를 미국의 극작가 호손이 자신의 상상력을 발휘해 쓴 작품이다.

아라비아 격언에 "건강한 자는 모든 희망과 이상을 안고, 희망과 이상을 가진 자는 모든 꿈을 이룬다"라는 말이 있다. 사람이 어떤 꿈과 이상을 가지고 사느냐 하는 것은 대단히 중요하다. 왜냐하면 자신이 품고 있는 생각이나 꿈, 이상에 따라 앞으로 펼쳐질 인생길이 다르게 전개되기 때문이다. 동네 산마루에 있는 인자한 모습의 사람을 닮은 '큰 바위 얼굴'을 바라보면서 꿈을 키워온 소년이 나이가 들었을 때 그것을 닮은 얼굴이 되어 있었다는 이 소설처럼 어떤 생각을 하고 어떤 이상을 품고 사는지가 곧 우리의 인생을 결정짓는다고 할 수 있다.

미국뿐만 아니라 전 세계적으로 존경받고 있는 미국 16대 대통령인 에이브러햄 링컨은 사람의 인품에 대해 "무릇 사람은 나이 마흔이 넘으면 자기 얼굴에 책임을 질 줄 알아야 한다"라고 말했다. 얼굴은 그 사람이 살아온 연륜과 지혜와 지식의 결정체라고도 할 수 있다. 무엇을 꿈꾸며 얼마나 의미 있게 살아왔느냐에 따라서 인상은 바뀐다고 할 수 있는 것이다.

예를 들어 10년 이상을 동고동락하며 산 부부는 대부분 얼굴 모습이 서로 닮는다고 한다. 그래서 우리는 다정한 부부를 만났을 때 농담 삼아 "어쩜 그렇게 오누이처럼 닮았느냐?"라고 칭찬 어린 말을 한다. 생김새가 서로 다른 부부가 살면서 그렇게 닮아가는 까닭은 날마다 희로애락을 함께하면서 서로의 마음과 몸을 하나로 느끼기 때문이다. 남편이 인상을 쓰면 아내도 같이 시무룩해진다. 반대로 남편이 밝은 표정으로 퇴근해서 오면 아내 또한 마음이 덩달아 가볍고 즐거울 것이다. 남편 역시 마찬가지다. 남편을 대하는 아내의 인상에 따라 남편의 인상도 변한다. 따라서 부부간에 서로 멋있고 아름답게 닮아가려면 늘 밝고 맑은 심성을 유지하면서 정답게 지내야 한다. 또한 그것이 가정의 행복을 가져오는 지름길이 된다.

누군가 마음속의 표상이 있을 경우 그 사람의 삶을 닮기 원하고 닮기 위해 노력하면 누구나 그 표상과 같은 인물이 될 수 있다는 것을 「큰바위 얼굴」은 보여주고 있는 것이다.

덴마크의 실존주의 철학자 키에르케고르는 그 사람이 어떤 사람인지는 "그 사람의 희망이 무엇인가? 그가 사랑하고 있는 것이 무엇인가? 그의 관심사가 무엇인가?"에 대한 질문을 해보면 알 수 있다고 했다.

독일의 이상주의 시인 실러는 "산다는 것은 꿈꾸는 것이다. 현명하다는 것은 아름답게 꿈꾸는 것이다"라고 말했다.

사람은 누구나 꿈을 꾸며 그 꿈을 안고 살아간다. 자신이 되고 싶은 모습, 자신이 이루고 싶은 목표, 자신이 꼭 도달하고야 말겠다는 이상 등등 누구나 꿈과 목표를 가진다. 그러나 날이 갈수록 당초 품었던 꿈은 작아지거나 종종 잊어버리고 살아간다. 내가 무엇이 되고 싶었는지, 어떤 사람으로 살고 싶었는지 서서히 잊어버리게 된다. 그런데 훌륭한 삶을 일구어낸 성공인들은 바로 꿈, 자신의 고귀한 목표를 잊지 않고 그것을 이루기 위해서 최선을 다해 살았다는 공통점이 있다.

한 사람이 어떤 모습으로 세상을 살아가는가는 바로 어떤 꿈과 목표를 가졌느냐에 달려 있다. 그래서 프랑스의 소설가며 정치가인 앙드레 말로는 "오랫동안 꿈을 그리는 사람은 마침내 그 꿈을 닮아간다"라고 하였다. 꿈은 현실로 돌아올 수 있기 때문이다.

▶꿈을 이룰 수 있는 7가지 성공 TIPS

1_ '나도 할 수 있다'는 생각으로 새롭게 시작하라.

적극적인 사고방식은 위대한 창조의 원동력이다. "나는 얼마든지 할 수 있다"라는 생각을 거듭하고 다짐하라.

2_ 당신의 목표를 마음의 소원과 일치시키라.

이미 결정한 목표가 마음의 소원과 전혀 다른 것이라면 지금 즉시 목표를 수정하여 다시 임하라.

3_ 부정적인 생각을 버리고 긍정의 씨앗을 심으라.

당신의 내부에서 '나는 안 돼. 할 수 없어. 그걸 어떻게 해. 나 같은 게……'라는 부정적이고 소극적이고 소심한 소리가 들려오거든 이렇게 외치라. "이전의 나는 무능했었지만 이제는 새사람이 되었다. 나는 무엇이든 할 수 있다. 내가 설정한 목표는 반드시 이룰 수 있다"라고. 그러면 어느새 서서히 변하고 있는 나를 발견하게 될 것이다.

4_ 긍정적인 말을 매일 반복하라.

"나는 발전하고 있다", "나는 성공할 수 있다", "나는 해낼 수 있다", "나는 꼭 할 것이다"라고 스스로 다짐하는 말을 반복하라. 마음속에만 담아두지 말고 밖으로 표출하라. 말은 힘과 용기를 북돋아주는 영양소므로 무엇보다 자기암시가 필요하다.

5_ 반드시 대가를 지불하도록 하라.

진정한 성공은 땀과 수고를 통해서만 완성되는 것이다. 하늘은 스스로 돕는 자를 돕고, 씨앗은 뿌린 대로 거두는 법임을 명심하라.

6_절대로 포기하지 말라.

문제가 생기고 어려움이 닥쳐도 낙심하거나 포기하지 말라. 열 번 넘어져도 열한 번째에는 반드시 일어선다는 용기와 신념을 가지고 묵묵히 일에 매진하라. 그리고 나에게 주어진 절호의 기회라고 생각하라.

7_될 수 있는 한 꿈을 크게 가지라.

꿈꾸는 데는 돈도 수고도 필요하지 않다. 큰 꿈을 꾸어야 한다. 그래야만 원하는 목표에 가까이 다가갈 수 있다.

그러나 꿈을 꾸는 것만으로 소망하는 결과에 이르지는 못한다. 행동을 통해서 목표에 이르는 것이다. 꿈과 소원을 실현하기 위해서는 두 가지 요소가 필요한데 정확한 목표와 그것을 달성하기 위한 구체적인 계획이 그것이다.

서양 격언에 "꿈이 없는 민족은 망한다"라는 말이 있다. 이는 꿈이 없는 사람은 죽은 것이나 다름없다고 하는 것과 같은 말이다. 꿈이 없는 사람은 실패한다. 꿈이 없는 가정도 실패한다. 꿈은 바로 미래에 대한 비전이요, 희망이고, 거울이기 때문이다. 사람은 평생을 두 번 산다고 한다. 한 번은 자신을 위해, 한 번은 원대한 꿈을 위해. 그러므로 무엇을 시작하기에는 너무 늦었다고 생각될 때, 그때가 가장 빠른 때임을 인식하고 오늘부터 새롭게 출발해보자.

당신은 누구를 닮기 원하는가? 자신이 원하는 것을 마음속에 그리면 언젠가 이루어진다는 믿음이 있는가? 우리 모두 원대한 꿈을 가져보자.

"나는 무엇이 되고 싶은가?", "그 꿈과 목표를 이루기 위해서 나는 어떤 노력을 할 것인가?"

스스로 질문을 던져 자신의 생활을 한번 돌이켜보는 것도 필요하다.

꿈은 되도록 크게 가져라. 꿈이 작은 사람은 큰일을 해낼 수 없다.

▶ 꿈은 희망을 잉태시킨다

산다는 것은 꿈꾸는 것이다.

현명하다는 것은 아름답게 꿈꾸는 것이다.

산다는 것은 꿈이 있다는 것이요, 꿈이 있다는 것은 희망이 있다는 것이다.

희망이 있다는 것은 이상을 갖는다는 것이요, 비전을 지닌다는 것이다.

비전을 지닌다는 것은 인생의 목표가 있다는 것이다.

꿈을 상실한 사람은 새가 양 날개를 잃은 것과 같다.

비록 힘없는 하찮은 존재라 하더라도 꿈을 가질 때 얼굴은 밝아지고, 생동감이 흐르며, 눈에는 광채가 생기고, 발걸음은 활기를 띠고, 태도는 씩씩해지는 것이다.

꿈이 있는 사람은 행복한 사람이요, 인생을 멋있게 사는 사람이고, 참 인생을 알고 멋을 아는 사람이다.

─프리드리히 실러

성공 TIPS 사람이 어떤 이상을 가지고 사느냐 하는 것은 대단히 중요하다. 왜냐하면 그가 품고 사는 생각이나 꿈, 이상에 따라 인생이 달라지기 때문이다. 자신이 원하는 것을 마음속에 그리면 언젠가는 이루어진다고 한다. 성공은 꿈꾸는 자의 것이다. 건강한 자는 모든 희망을 안고, 희망을 가진 자는 모든 꿈을 이룬다.

성공을 원한다면 지혜의 샘을 찾아 떠나라

지혜로운 사람은 영광을 물려받고, 미련한 사람은 수치를 당할 뿐이다. 지혜로운 사람과 함께 다니면 지혜를 얻지만, 미련한 사람과 사귀면 해를 입는다. 지혜로운 사람은 하늘의 밝은 빛처럼 빛날 것이요, 많은 사람을 옳은 길로 인도한 사람은 별처럼 영원히 빛날 것이다. -「성경」〈잠언〉 중에서

중국 삼국시대 때 이야기다. 하루는 위나라의 조조 군사 2만 대군과 촉한의 유비 군사 1만 명이 싸웠다. 그런데 반나절도 안 되어 반이 줄어버린 유비의 군사가 도망치기 시작했다. 조조 군사 2만 명이 도망가는 5천 명의 유비 군사를 뒤쫓아오므로 유비 군사는 끼니를 굶어가며 정신없이 도망을 쳐야 했다.

사활을 걸고 맨몸으로 도망치기 시작한 지 3일이 지나고 보니 더 이상 배가 고파 도망도 못 갈 위급한 상황이 되었다. 그래서 유비는 군사들을 모아놓고 비장한 각오를 밝혔다. 더 이상 도망갈 수도 없으니 여기서 모두 죽더라도 맞서 싸우자고. 그러자 모두들 아무 말이 없었다. 기진맥진해 있는데 누가 나서서 싸우겠는가! 차라리 항복하는 게 낫다고 속으로 생각했다.

그런데 한 늙은 병사가 나서서 "저는 이 전쟁에서 이길 수 있는 비법을 알고 있습니다"라고 말하였다. 유비는 물론 모든 병사들이 지푸라기라도 잡는 심정으로 그 비법이 무어냐고 이구동성으로 외쳤다. 그랬더니 그 늙은 병사가 뜸을 들이면서 "그러나 저 혼자의 힘으로는 안 되고 다른 모든 병사들이 도와준다면 이 비법을 사용할 수 있습니다"라고 말했다. 이 늙은 병사의 말을 들은 유비의 군사는 우리 모두 힘을 합칠 테니 그 비법을 알려달라고 했다. 늙은 병사는 품 속에서 조그마한 돌멩이 하나를 꺼내면서 다음과 같이 말했다.

"이 돌은 우리 집에 대대손손 내려오는 귀한 가보인데 이 돌로 국을 끓여 먹으면 보통 때보다 두 배 이상의 힘을 쓸 수 있는 괴력이 나옵니다. 우리 집은 끼니가 부족할 때나 밖에 나가 힘든 일을 할 때마다 이 돌을 사용했습니다. 그러나 이 돌에는 독이 있어서 된장과 산나물을 넣어 끓여 먹지 않으면 죽게 됩니다."

그러자 5천 명의 군사가 모두 흩어져 각자 된장 한 줌과 산나물을 구해왔다. 힘이 두 배 이상으로 샘솟는다고 하는데 아무리 지친 몸이라도 수고스러움을 마다할 사람이 누가 있겠는가? 죽기 아니면 까무러치기로 싸워야 하는 형국에 이보다 더 기쁜 소식이 어디 있으랴.

늙은 병사는 가마솥에 된장을 푼 산나물을 잔뜩 집어넣고는 그 신비한 흰 돌멩이를 정성껏 씻어넣으며 다른 병사들이 모두 듣도록 또 이렇게 말했다.

"우리는 3일을 물만 먹고 도망쳤으므로 지금 이 돌죽을 먹으면 설사를 합니다. 여기에 쌀만 조금 섞어 넣으면 설사할 위험도 없고 보통 때보다 다섯 배 이상이나 힘을 더 쓸 수 있을 텐데 안타깝습니다."

옆에서 이 말을 들은 병사들은 다시 흩어져 각자 쌀 한 줌을 얻어 돌죽을 끓여 먹었다. 그러자 정말 힘이 평소보다 다섯 배 이상 더 솟구치는 것 같았다. 용기와 힘을 얻은 유비의 군사 5천 명은 뒤쫓아 오고 있는 2만 명의 조조 군사를 맞아 피하지 않고 있는 힘을 다해 대적했다. 그리고 크게 무찔러 승리했다.

유비는 늙은 병사를 아낌없이 치하하고 그에게 후한 상을 내려주었다. 그러나 병사들은 늙은 병사의 말을 듣고는 깜짝 놀라지 않을 수 없었다. 유비는 어안이 벙벙한 채 잠시 있다가 박장대소를 하면서 늙은 병사의 지혜에 감탄과 존경을 표했다. 알고 보니 늙은 병사가 집안의 가보라고 했던 돌멩이는 사실 보잘것없는 평범한 조약돌에 불과했던 것이다. 그러나 늙은 병사는 슬기로운 지혜를 발휘하여 난국을 극복하게 해주었던 것이다.

우리는 이 일화를 통해 지혜와 신념과 용기 그리고 단합된 힘이 얼마나 중요한지를 알 수 있다. 성공한 사람들은 슬기로운 지혜와 끈기, 그리고 굳은 신념을 가지고 있다. '할 수 있다'는 강한 자신감과 어떻게 하면 더 좋은 성과를 이룰 수 있는지에 대한 끊임없는 탐구, 그리고 이를 실천에 옮기려는 열정 앞에서 성공의 문은 저절로 열리기 마련이다.

어떤 곤충학자가 꿀벌과 파리 중 어느 쪽이 더 지혜로운지 알아보기 위해 실험을 했다. 꿀벌과 파리를 한 병 속에 집어넣고 병 입구가 어두운 쪽을 향하게 해서 바닥에 눕혀놓았다. 그러고는 누가 더 빨리 출구를 찾게 될지 살펴보기로 했다. 우리가 생각할 때에는 당연히 지저분한 파리보다는 깨끗하고 부지런한 꿀벌이 출구를 더 빨리 찾을 것 같다. 그러나 예상 외로 파리가 이겼다. 파리는 2분이 채 되지 않아서 반대쪽의 주둥이로 나왔다. 그러나 꿀벌은 밝은 쪽에서만 출구를 찾다가 끝내 병에서 빠져나오지 못하고 말았다.

이 결과는 꿀벌은 고정관념에 사로잡혀 있었던 반면, 파리는 위기 상황에 대처하는 임기응변의 능력과 지혜가 꿀벌보다 훨씬 뛰어났다는 것을 말해준다. 우리가 세상을 살아갈 때도, 때때로 위기 상황을 맞을 수 있다. 그럴 때 기존의 관념이나 과거의 경험에만 집착한다면 문제 해결의 기회를 놓치거나 끝내 낭패를 당할 수도 있다.

인생을 살아가노라면 갖가지 우여곡절을 겪게 된다. 때론 도저히 헤쳐나갈 수 없는 위기의 상황이 닥쳐오기도 할 것이다. 이럴 때는 자신이 갖고 있는 능력을 십분 발휘해서 슬기롭게 대처해나가야 한다. 그러기 위해선 고정관념에서 탈피하려는 발상의 전환이 필요하다. 패러다임의 전환이야말로 창조와 성공의 원천이 될 수 있기 때문이다.

성공을 원하거든 지혜의 샘을 찾아 떠나라. 지식은 하루아침에 얻을 수 있으나, 생명력을 지닌 지혜는 쉽게 얻을 수 있는 것이 아니다.

험난한 세상을 살아가는 과정을 몸소 체험하면서 안으로 가꾸어진 그 열매가 지혜인 것이다. 불행을 불행으로써 끝맺는 사람은 지혜롭지 못한 사람이다. 불행 앞에서 좌절하지 말고, 불행을 하나의 출발점으로 이용할 수 있는 현명한 사람이 되도록 자신을 키워나가야 한다.

▶ 경쟁 상대

2004년 미국 프로야구사에 한 시즌 최다 안타 부문에서 영원히 남을 불멸의 기록을 달성한 일본인 선수 이치로가 인터뷰 도중에 한 말이 생각난다. 그는 일본 언론과의 일문일답에서 "자신에게 있어서 만족할 수 있는 기준은 무엇인가?"라는 질문에 이렇게 대답했다.

"적어도 누군가에게 이겼을 때는 아니다. 내가 정한 목표를 달성했을 때다."

나는 이 말을 접하는 순간 가슴이 설렜다. 목표 설정의 중요성을 일깨워주는 이 말은 우리 모두가 나아가야 할 길을 제시해준 것처럼 다가왔다. 이 세상에서 경쟁 상대는 오로지 '나 자신'인 것이다. 내가 나를 이겨야만 어느 누구도 넘보지 못하는 '참 나'가 될 수 있다.

성공 TIPS 굳은 의지가 있을 때 비로소 그 난관을 헤쳐나갈 수 있다. 한 사람의 작은 힘도 여럿이 모이면 큰 힘을 발휘할 수 있다는 교훈을 가슴 깊이 새겨야 한다. 무엇이든 되고 싶다고 생각하고 바라는 대로 될 수 있다는 확신을 갖자. 세상을 보다 넓고 깊게 보는 지혜의 눈이 필요하다.

손가락 끝을 쳐다보지 말고 달을 바라보라

남의 단점을 비방하는 것은 좋지 못한 일이다. 남의 단점은 덮어주어야 한다. 만일 남의 단점을 세상에 드러낸다면 그것부터가 자기의 단점이니, 결국 자기의 단점으로 남의 단점을 공격하는 것에 불과하다. 성공 또한 마찬가지다. 남이 이룩한 업적은 칭송해주면서 거기서 배울 점을 찾아야 한다. ―「채근담」 중에서

어느 날 승용차를 몰고 시골에 갈 일이 생겼다. 편도 2차선 교차로에서 신호등이 초록색으로 바뀌길 기다리고 있는데 우측 2차선에 있는 차에서 갑자기 "쿵" 하는 소리가 났다. 얼른 고개를 돌려보니 뒤차가 정지신호가 있는 것을 미처 살펴보지 못하고 달리다가, 멈춰 있던 앞차를 들이박은 모양이었다. 다행히도 큰 사고로 연결되지는 않았다. 피해자는 목만 약간 다쳤을 뿐 다른 데는 이상이 없는 것 같았다. 그래도 차량이 훼손되었고 무의식중에 당한 교통사고는 후유증이 생기므로 병원에는 가야 할 듯했다.

나는 당연히 뒤차의 운전자가 무조건 잘못을 했다고 하면서 사과를 하고 사고 수습을 할 줄 알았다. 그런데 오히려 큰소리를 치는 것이었다(앞차의 운전자는 30대 여성이고, 뒤차는 50대 남자였다). 그는

"지금 막 신호가 초록색으로 바뀌는 것 같아 그냥 돌진(?)했다"라고 하면서 자기는 잘못은 없다고 말하고는 되레 하필이면 왜 이 차선에 당신이 있었느냐는 투로 어기대는 것이었다.

나는 제삼자였지만 그 상황이 너무도 어처구니가 없었다. 만약 나 같은 목격자가 없었다면 그 여성 운전자는 무조건 가해자로 몰릴 형국이었다.

양쪽 귀에 화상을 입은 사람이 있었다. 이를 궁금하게 여긴 그의 친구가 그 까닭을 물었다.

"희한한 일이군. 어쩌다 양쪽 귀에 똑같은 화상을 입었단 말인가?"

그 사람은 몹시 화난 얼굴로 자초지종을 말했다.

"TV를 보고 있는데 갑자기 전화벨이 울리지 않겠나. 그래서 수화기를 들어올린다는 것이 그만 아내가 켜둔 다리미를 귀에다 갖다 대고 말았다네."

그 말을 들은 친구는 재미있다는 듯이 웃으며 "하하, 그렇게 된 것이구면. 아니 그러면 반대편 귀는 또 왜 그렇게 되었는가?"

그러자 그는 더 큰 목소리로 열을 올리며 말했다.

"원, 재수가 없으려니까. 글쎄 그 멍청한 작자가 또 전화를 걸었지 뭔가. 나쁜 자식! 한쪽 귀를 지졌으면 됐지, 뭐 생전에 원수진 일이 있다고."

이 이야기는 자신의 어리석음은 모르고 남만 탓하는 우화다.

사람은 일반적으로 자신을 합리화시키고 잘못을 감추기 위해 자기보다는 남의 탓을 먼저 한다. 그래서 운전 부주의로 일단 사고라도 나면 무조건 큰소리를 내며 상대방에게 삿대질을 한다. 사고의 원인이 무엇이 됐건 잘못은 무조건 상대방에게 있는 것이라고 서로 자기 주장만 내세우는 것이다. 그러다 보니 상황은 점점 험악하게 전개된다.

그러나 우리가 다른 사람을 손가락질할 때 세 개의 손가락은 항상 나를 향하게 된다는 걸 알아야 한다.

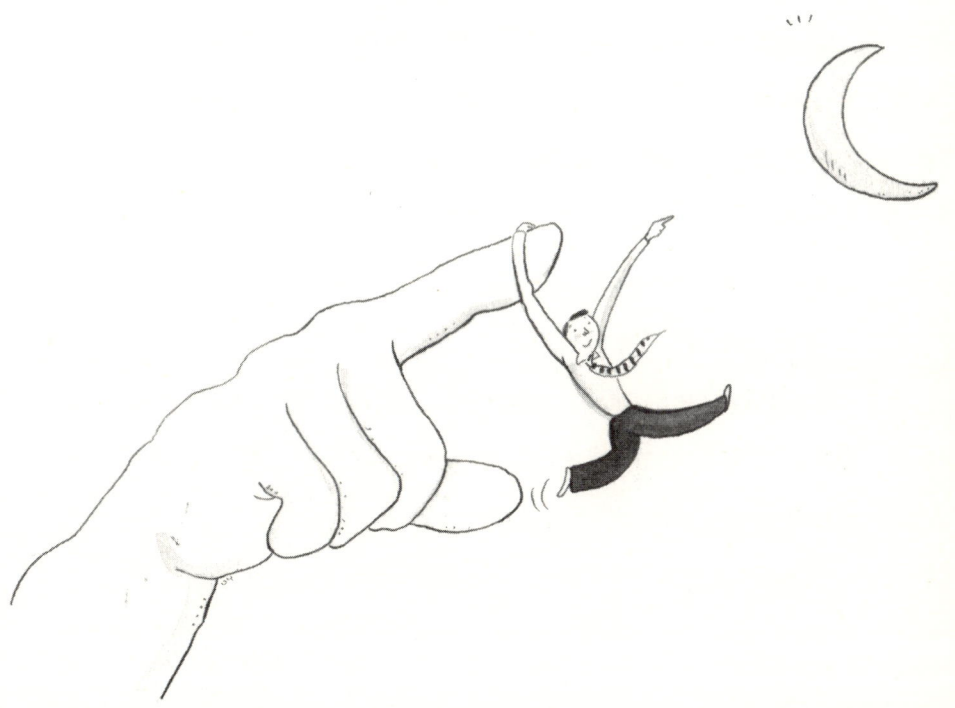

인간관계를 바탕으로 한 어떤 일이 실패했다면 그 잘못은 '너 때문'이라고 생각하는 사고방식에서 기인하는 경우가 많다. 자신의 잘못보다는 남의 잘못을 더 확대시키는 자기 합리화가 성공의 걸림돌이 되는 것이다. 그래서 세계 4대 성현 중의 한 사람인 고대 그리스의 대철학자 소크라테스는 제자들에게 항상 "너 자신을 알라"라고 가르쳤다.

남을 가리키면서 "변해야 한다!"라고 할 때 세 손가락이 자신을 가리키는 것은, '남보다 나 자신이 먼저 변해야 함'을 역설적으로 표현하고 있는 것이다. 이렇듯 우리는 서로가 먼저 변화하라고 하지만 실상은 자신이 먼저 변화되어야 한다.

"저는 열심히 했습니다. 저는 잘해보려고 했어요. 하지만 도저히 화가 나서 못 참겠어요. 그 이상 어떻게 참으란 말이에요? 어느 누구도 그 같은 상황에선 화를 냈을 거예요."

"저는 잘못한 게 없어요. 저는 정말 열심히 노력했단 말이에요. 모두 다 ○○ 때문이에요. 그 사람 성격이 고지식해서 그런 거라고요. 융통성이라곤 전혀 없어요."

"그 사람요? 별로 안 좋게 생각해요. 혼자 잘난 줄만 안다니까요. 발표도 혼자 다 하고, 상사한테 아부는 있는 대로 다 하고. 하여튼 마음에 안 들어요."

"자네는 왜 그런가? 어쩜 그렇게 행동하나? 자기만 생각하고 다른 사람 생각은 전혀 안 하나? 왜 그렇게 이기적이야? 세상 그렇게 살면 안 돼!"

　조직체에 몸담고 살아봤다면 누구나 한 번쯤은 이런 말을 했던 경험이 있을 것이다. 이 말들은 모두 자기를 합리화하면서 방어하는 말이다. 스스로를 착하고, 깨끗하고, 실수를 하지 않는, 매우 유능한 사람으로 착각하고 있는 것이다. 물론 혼자 스스로를 곰곰이 살펴볼 때는 '내가 그렇게 완벽한 사람은 아니지만' 어떤 일의 결과를 가지고 논할 때에는 자기 자신을 합리화하는 경우가 많다.

　자기 자신을 돌이켜보면 자랑스러운 면도 있을 것이고 부끄러운 면도 있을 것이다. 또한 자신이 잘못했는데도 남의 탓이라고 우긴 경우도 있을 것이다. 그것을 인정하는 것이 바로 깨달음인데 이를 인식했으면 바른 방향으로 실천에 옮겨야 한다. 핑계는 금물이다. 모든 것은 조건이나 능력에 의해 결정되는 것이 아니라 나 자신의 태도에 따라 결정된다. '내가 저 사람보다 못한 것이 없는데 왜 저 사람보다 실적이 낮을까? 왜 나를 인정해주지 않을까?' 라고 생각하기 전에 자신의 장점을 제대로 활용하고 있는지, 또 얼마나 적극적으로 매사에 임하고 있는지를 반추해봐야 한다.

　가장 미련한 사람은 자기의 잘못을 인정하지 않고, 또한 고치려고도 하지 않는 사람이다. 그리고 설사 자신의 잘못을 깨달았더라도, 그것을 감추려고 한다면 그것은 결코 바르지 못한 행동이다. 그런 사람들은 후에 자신과 다른 사람들에게 용서를 받을 수 없고, 진리에 의한 자유를 얻을 수도 없다. 누구나 자신의 잘못을 인정하는 것은 쉽지 않다. 용기 있는 자만이 그 일을 할 수 있는 것이다.

　살다 보면 남에게 사소한 실수를 하거나 잘못을 저지르게 되는 경우가 종종 발생한다. 이럴 때는 과감히 자신의 잘못을 인정하고 새로운 마음으로 임해야 한다. 그래야 마음속에 거짓의 때가 쌓이지 않고, 가식의 함정이 꼬이지 않는다. 한번 쌓이기 시작한 마음의 때와 가식은 깊은 항아리에 묻은 얼룩같이 좀처럼 지우기 힘들다.

　모든 것은 나 자신으로부터 출발하고 비롯된다는 것을 명심하자. 남의 탓이 아닌 자기 탓을 하면서 너그러운 마음으로 살아가는 것이 보다 지혜롭게 인생을 살아가는 것이다.

▶ 자신을 찾는 글

어리석어 배우지 않으면 교만만 늘고
어두운 마음 닦지 않으면 이상만 크네.
빈속에 뜻만 크니 굶주린 범 같고
앎이 없이 방황함은 미친 원숭이 같다.

삿된 말과 나쁜 소리는 잘 들으면서
성인들의 가르침은 모른 체 피하니
착한 일에 인연 없는 너를 누가 건져주랴.
나쁜 세상 헤매면서 고생할 수밖에.

해가 뜨고 지는 것은 늙음을 재촉함이요

달이 오고 가는 것은 세월을 재촉함이라.

명예와 재물은 하루아침에 이슬이요

영화롭고 괴로운 일은 저녁 연기로다.

달을 가리킨 손가락은 언제까지나

손가락일 뿐 달이 되지는 못한다.

손가락을 보지 말고 달을 곧바로 보라.

－달마대사

성공 TIPS 자신의 잘못을 알고 인정하는 것은 매우 중요한 일이다. 밝고 건강한 눈으로 살아가는 사람이 되자. 잘된 것은 남의 덕이요, 잘못된 일은 내 탓임을 인정하자. 자신의 잘못을 알지 못하고 또 그 잘못을 인정하지 않을 때, 그 사람은 그 자리에서 앞으로 더 나아갈 수 없다. 벼가 익을수록 고개를 숙이듯이 늘 겸손한 자세를 가져야 한다. 그것이 오래도록 나를 돋보이게 하는 방법이다.

생각의 차이는 성공과 실패를 가름한다

인간은 어떤 사물에 의해서가 아니라, 사물을 바라보는 관점에 의해서 혼란에 빠지게
된다. 그 관점은 주관적이 아닌 객관적인 것이어야 한다. ─에픽테토스

여기 똑같은 상황에 대한 의견이 정반대로 나타난 한 가지 일화를
들어보기로 한다.

20세기 초 다국적 기업인 어느 구두 회사에서 아프리카의 시장
개척을 위해 각기 다른 현지 법인에 근무하고 있는 두 명의 세일즈
맨을 동시에 보냈다. 한 명은 미국인이고 다른 한 명은 영국인이었
다. 이들 두 사람은 아프리카에 도착하여 그곳의 풍경을 보고는 깜
짝 놀랐다. 아프리카 사람들은 모두 맨발로 다니는 것이었다.

이에 영국인 세일즈맨은 실망해서 그 즉시 본사로 전보를 쳤다.

"아프리카에서는 구두 사업의 전망이 없음. 이곳 사람들은 모두
맨발임. 아무도 신발을 신지 않음. 수요는 전무함. 상황은 절망적임.

바로 귀국하겠음."

이 세일즈맨은 아프리카에서는 구두가 무엇인지도 모르니 시장 개척이 불가능하다고 지레짐작한 것이다. 하지만 미국인 세일즈맨은 달랐다. 현지 상황을 냉철히 분석해보고는 다음과 같이 전보를 쳤다.

"아주 급히 구두 5만 켤레 송부 요망! 아프리카인은 모두 맨발임. 여기서는 아무도 신발을 신지 않고 있음. 따라서 비즈니스 기회는 매우 많음! 수요는 무궁무진함. 경쟁자도 없음. 상황은 아주 좋음."

이 세일즈맨은 아직까지 구두를 신은 사람은 한 명도 없지만 앞으로 구두를 팔 수 있는 가능성이 무한하다고 확신했다.

사람에 따라서 같은 상황에 대한 인식의 차이는 이와 같이 너무도 크며, 그 결과 또한 극과 극으로 나타나게 된다.

구두 회사는 아프리카에서는 아무도 신발을 신고 있지 않으므로 수요가 많을 거라는 예측을 채택했고 대기업으로 급성장했다. 만일 이 회사가 다른 의견을 채택했더라면 큰 시장을 놓치게 되었을 것이다.

우리 주변에서 볼 수 있듯이 무슨 일에나 열심인 사람은 대개 긍정적인 사고형이며 또한 이런 사람은 열심히 하기에 대부분 성공한다. "하면 된다. 할 수 있다. 꼭 이루고야 말겠다. 지금부터 하자" 하면서 열심히 하는 사람 옆에 있으면 무슨 일이든 다 잘될 것 같고 신이 난다. 그러나 "할 수 없다. 안 된다. 여건이 안 좋다. 돈도 없고 사람도 없는데 어떻게 할 수 있나?" 하고 항상 핑계를 대고 안 된다고 말하며 무슨 일이든지 소극적이고 부정적인 태도로 일관하는 사람들의 곁에 있으면 일이 잘되기는커녕 안 하던 걱정까지 하게 된다.

항상 긍정적인 사고로 사물을 보고 현실을 냉정하게 파악하는 자세를 가져야 한다. 긍정적인 시각으로 보면 개 밥그릇도 청자 그릇으로 보이고, 부정적인 시각으로 보면 청자 그릇이 개 밥그릇으로 보인다.

기쁜 마음은 긍정적인 사고의 원천이다. 어떤 대상이 기쁨의 정서로 다가올 때 긍정적인 마인드가 창출되는 것이다. 모든 사물이나 개념은 긍정적인 면과 부정적인 면을 가지고 있는데, 긍정적인 사고는 사물로부터 흥미와 즐거움을 찾도록 유도한다. 그러나 때론 긍정적 사고도 문제점을 보인다. 매사를 긍정적으로만 보는 사람들은 모든 것이 무조건 잘될 것이라고 막연하게 기대를 거는 경우가 많다. 그러다가 자칫 손해를 입거나 실패를 하는 경우도 있다. 그러므로 긍정적인 사고도 합리적인 사실에 근거를 두고 형성된 것이라야 한다. 믿음의 분수를 넘어서는 안 된다. 이는 자칫 오만과 자만, 독선을 불러올 수도 있기 때문이다. 따라서 가능하면 자신의 경험을 바탕으로 하여 현실적이고 과학적인 근거에 따른 판단을 먼저 한 다음 심사숙고하여 결정하는 자세가 필요하다. 자신의 능력과 처한 현실을 객관적으로 보는 지혜가 필요한 것이다.

　성공인이 되려면 위와 같은 상황이 발생했을 경우 어떻게 처신할 것인지 냉정하게 자문하면서 위기를 극복하는 지혜를 터득해야 한다. 합리적으로 쌓은 긍정적인 사고는 다양한 잠재 능력을 끄집어내어 자신을 더욱 성숙한 인간으로 만들어준다.

▶ 사람의 바른 길

마음의 본체가 밝으면 어두운 방 안에도 푸른 하늘이 있고, 생각하는 머리가 어두우면 대낮에도 도깨비가 나타난다.

낮은 데 살아본 후에야 높은 데 오름이 위태로움을 알고, 어두운 데 있어본 후에야 밝음으로 향함이 너무 드러남을 안다.

고요함을 지켜본 후에야 움직임을 좋아함이 부질없음을 알고, 과묵함을 기른 후에야 말 많음이 시끄러운 줄 안다.

내가 남에게 공(功)이 있으면 생각하지 말고 허물이 있거든 잊지 말라.

남이 나에게 은혜를 베풀었으면 잊지 말고 원한이 있다면 잊어버리라.

악을 행한 다음 남이 아는 것을 두려워함은 악 가운데 아직 선의 길이 있음이요, 선을 행하고 나서 남이 알아주기를 바란다면 그 선이 곧 악의 뿌리가 되느니라.

복은 억지로 구할 수 없는 것이니 기쁜 마음을 길러 복을 부르는 근본으로 삼고, 화는 억지로 피할 수 없는 것이니 마음속의 살기를 버려 화를 멀리하는 방법으로 할 따름이니라.

한 마리의 제비가 온 천하의 봄을 싣고 오는 것은 아니지만, 한 마리의 제비가 경쾌하게 나는 걸 보고 우리는 천하의 봄을 느낄 수 있다.

－「채근담」 중에서

▶ 만일 당신이 이렇게 생각한다면 당신은 그렇게 될 것이다

만일 당신이 진다고 생각하면 당신은 질 것이다.

만일 당신이 안 된다고 생각하면 당신은 안 될 것이다.

만일 당신이 이기고 싶다는 마음 한구석에 이건 무리라고 생각하면, 당신은 절대로 이기지 못할 것이다.

만일 당신이 실패한다고 생각하면 당신은 실패할 것이다.

돌이켜 세상을 보면 마지막까지 성공을 소원한 사람만이 성공하지 않았던가?

모든 것은 사람의 마음이 결정하나니, 만일 당신이 이긴다고 생각하면 당신은 승리할 것이다.

만일 당신이 무엇인가를 진정으로 원한다면 그대로 될 것이다.

자, 다시 한 번 출발해보라.

강한 자만이 승리한다고 정해져 있지는 않다.

재빠른 자만이 이긴다고 정해져 있지도 않다.

나는 할 수 있다고 생각하는 자가 결국 승리하는 것이다.

－나폴레옹 힐

성공 TIPS 긍정적인 사고는 적극적인 삶을 살아가게 한다. '안 된다' 보다 '된다' 고 생각하고 '못 한다' 보다 '할 수 있다' 고 생각하는 긍정적인 사고를 갖자. '이걸 언제 하나' 하는 나약한 생각보다는 '빨리 이 일을 처리하자' 는 적극적인 실천 자세를 표출하자. 생각이 바뀌면 비전이 보인다.

성공은 긍정적인 생각과 비례한다. 부정적인 생각과 성공은 천칭의 저울과 같다. 긍정적인 생각은 역경을 기회로 만들 수 있다. 긍정적 사고가 고유한 능력을 기른다.

개구리 올챙이 적 생각 못 한다

인생이 견딜 수 없게 되었을 때 우리는 상황이 변할 것을 기대한다. 그러나 가장 긴요하고 가장 효과적인 변화, 즉 자기 자신의 태도를 바꿔야 한다는 점에 대해서는 거의 생각이 미치지 못한다. 그러한 결심을 하기는 어렵지만 그 결과는 매우 크다. —비트겐슈타인

옛날 가난과 어려움 속에서도 열심히 노력한 끝에 재상의 지위까지 오른 사람이 있었다. 그런데 그에게는 이상한 습관이 하나 있었다. 그것은 날마다 이른 새벽이면 뜰에 나가 가득 쌓아놓은 무거운 기왓장을 들어서 문 밖에 내어놓았다가, 저녁 무렵에는 다시 집 안으로 들여놓는 것이었다. 어느 날 비가 오는데도 불구하고 재상이 힘겹게 기왓장을 나르는 광경을 보고 이를 궁금하게 여긴 젊은 나그네가 물었다.

"어르신께서는 한 나라의 재상으로 편히 앉아서 나랏일이나 생각하시면 될 것 같은데 왜 그렇게 땀 흘리는 힘든 일을 하고 계십니까?"

그러자 재상은 빙그레 웃으며 다음과 같이 대답했다.

"내가 이렇게 힘든 일을 일부러 하는 것은 어려웠던 지난 시절을

생생하게 기억하기 위함이오. 내가 과거에 고생했던 그때를 잊어버리고 지금의 편안한 생활에만 빠져 나태해진다면 어떻게 나라의 앞날을 책임지는 정치를 할 수 있겠소? 젊은이! 파멸이라는 것은 지식이나 경험의 부족에서 오기보다는 지난날의 어려웠던 시절을 잊어버리고 오만해질 때 오는 경우가 많다오."

　사람들은 어느 정도 출세를 하면 대부분 어렵고 힘들게 살았던 과거를 자랑스럽지 못하게 생각하여 나타내길 꺼려 한다. 애써 과거를 잊어버리려고 한다. 그러나 과거는 오늘의 나를 있게 한 뿌리다. 멀리 피하려고 하면 할수록 오히려 멍에가 되어 자꾸만 다가온다. 한번 잘못한 실수는 완전히 고쳐놓지 않으면 자꾸 반복해서 저지르게 된다. 특히 운동선수나 연예인, 사업가들 중에는 가난한 시절에는 헝그리 정신으로 무장하여 그 분야에서 일인자가 되었지만 돈맛을 본 다음부터는 편안한 현실에 나태해져 급기야 낙오하고 마는 사람도 있다.

　정치인 중에서도 산전수전 다 겪어서 일을 잘할 것 같아 뽑았더니 오히려 안 선출하느니만 못한 표퓰리즘(대중영합주의) 성향을 가진 정치인이 있다. 부귀와 명예는 자신의 성장을 가져다준 지난날의 과거 위에서 존재해야지 이를 부정하거나 등한시한다면 그 시점부터는 사상누각에 지나지 않게 된다.

　남 앞에 내어놓기가 부끄러운 과거일수록 잊어버려서는 안 된다.

과거를 거울 삼아 자신을 채찍질해나가는 성공의 회초리로 삼아야 한다. 그 과거를 생각해낼 수 없게 되면 또다시 그 일을 되풀이하게 되기 때문이다. 지난날을 잊고 우쭐거리며 잘난 척하는 사람을 보고 흔히 우리는 "개구리 올챙이 적 생각 못 한다"라고 한다. 개구리야 올챙이 적 생각을 할 수 없는 것은 당연하다. 왜냐하면 올챙이와 개구리는 전혀 다르게 생겼으니까. 그러나 사람은 다르다. 사람은 생각하는 동물이다. 과거와 현재는 한 줄기로 이어져 함께 미래로 가고 있다. 과거는 오늘의 나를 있게 한 뿌리다. 뿌리는 앞으로의 삶에 있어서 성장의 방향을 가늠하는 잣대가 되어준다. 과거의 경험을 토대로 쌓은 삶의 지혜가 오늘을 있게 하고 성공에 이르게 하는 것이다. 온고이지신(溫故而知新)이다. 항상 옛것, 옛날을 되새기면서 미래를 알차게 설계하는 삶의 자세를 갖자.

▶ 지금 그대로의 모습으로

남에게 잘 보이려고 노심초사하느라 어느 누구에게도 솔직하게 대하지 않는다면 불안에 빠지기 쉽습니다. 그래서 많은 사람의 삶처럼 거짓되게 살고 감추며 살게 됩니다. 항상 자신을 지켜보면서 평소 하는 역할이 들킬까 봐 두려워하는 것은 괴로운 일입니다. 누군가 우리를 볼 때마다 우리를 판단한다고 생각하는 한, 걱정에서 벗어나지 못할 것입니다. 우리의 의도와는 반대로 우리의 겉모습이 벗겨지는 일이 많기 때문입니다. 엄격하게 자기를 통제할 수 있다고 해도, 항상 가면을 쓰고 사는 사람의 삶은 행복할 수도 없고 걱정에서 벗어날 수도 없습니다.

앞질러 가는 사람이 자꾸 눈에 띌 때는 뒤에 오는 사람을 생각해보십시오.
인생에 대해서 감사하고 싶으면 당신이 지금까지 얼마나 많은 사람을 앞
질러 왔는가를 생각해보십시오. 아니, 타인은 아무래도 좋습니다. 당신 자
신이 과거의 당신을 앞질러 온 것입니다.

―L. A. 세네카

성공 TIPS 호황기가 있으면 불경기가 있듯이 인간사는 새옹지마다. 잘나갈 때는 항
상 슬럼프에 빠질 때를 경계해야 한다. 교만이나 과신은 금물이다. 성공을 하려면
헝그리 정신, 프로 정신, 상생 정신과 같은 것들이 필요하다. 과거를 교훈 삼아 미
래를 개척해가도록 하는 뿌리 있는 생활을 하자. 늘 반추하며 살아가는 팔로우 업
이 이루어져야 한다.

마음이 바로 서야 옷깃이 바로 선다

금세기 최대의 발견은 인간이 마음가짐을 바꿈으로써
인생을 바꿀 수 있다는 사실이다. −윌리엄 제임스

걱정은 팔자요 근심은 병이다

근심이 당신을 근심스럽게 만들기 전까지는 결코 근심을 근심하지 말라. 근심 걱정이
있을 때 걱정은 그만하고, 일을 시작하라. -A. P. 페레이라

누구나 살면서 "나에게 혹시 어떤 불행이 닥친다면 어떻게 할까?" 걱정하고 고민해본 적이 있을 것이다. 걱정과 고민 때문에 밤을 지새우고 몸과 마음이 아픈 적도 많았을 것이다. 그런데 시일이 지나고 나면 이런 걱정들이 대부분 기우에 지나지 않았음을 알고 피식 웃고 마는 경우가 있다. 공연한 걱정, 즉 쓸데없는 걱정을 하는 사람들을 핀잔할 때 우리는 '기우'라는 말을 쓴다. 그에 대해 중국 고전인 「열자」의 〈천서〉 편에 나오는 우화 한 토막을 소개해본다.

옛날 주왕조 시대, 중국 황하 중부 유역 하남성에 속하는 아주 작은 나라 가운데 하나인 기(杞)나라에는 늘 쓸데없는 걱정을 하는 한 남자가 살고 있었다. 그는 날마다 하늘이 무너지고 땅이 꺼지면 몸

붙일 곳이 없을 거라며 걱정을 한 나머지 침식(寢食)을 폐하고 말았다. 어느 날 그의 쓸데없는 걱정 이야기를 전해들은 한 지혜로운 친구가 '저러다 죽지 않을까?' 걱정이 되어 그에게 찾아가 이렇게 말했다.

"여보게 친구, 하늘은 기운이 쌓여서 된 것으로 기운이 없는 곳은 한 곳도 없다네. 우리가 몸을 움츠렸다 폈다 하는 것도, 숨을 쉬는 것도, 다 기운 속에서 하고 있는 것이라네. 그런데 무너질 게 뭐가 있겠는가?"

그러자 그 사람은 "하늘이 과연 기운으로 된 것이라면 하늘에 떠 있는 해와 달과 별들이 떨어질 수 있지 않겠는가?" 하고 물었다. 이에 친구는 "해와 달과 별들도 역시 기운이 쌓인 것으로 빛을 가지고 있는 것뿐이야. 설사 떨어진다 해도 그것이 사람을 상하게 하지는 못한다네"라고 대답했다.

그 말을 듣고 그는 또 "그건 그렇다 치고 땅이 꺼지면 어떻게 하나?" 하고 질문하였다. 친구는 웃으면서 "땅은 쌓이고 쌓인 덩어리로 되어 있다네. 사방이 꽉 차 있어서 덩어리로 되어 있지 않은 곳이 없어. 사람이 걸어다니고 뛰어놀고 하는 것도 종일 땅 위에서 하고 있지 않나. 그런데 어떻게 꺼질 수 있겠는가?"라고 우주 만물의 이치를 자세히 설명해주었다. 친구의 설득력 있는 말에 침식을 폐하고 누워 있던 걱정꾸러기는 꿈에서 깨어난 듯 기뻐하며 그제야 비로소 마음놓고 식사를 했다.

공연한 걱정을 일컫는 뜻으로 자주 사용하는 '기우'라는 말은 여기서 탄생한 것이다. 기우는 기인지우(杞人之憂)의 줄임말로 기(杞)나라 사람이 쓸데없는 걱정[憂]을 한 데서 유래된 말이다. 절대로 이루어질 수 없는 일에 지나치게 걱정하는 것, 그래서 "걱정도 팔자"라고 한다.

물론 이 세상에 아무 걱정 없이 살아가는 사람은 없다. 인생은 아침에 눈을 떠서 저녁에 잠이 들기까지 근심이라는 물속을 헤엄치는 것과 같다. 그저 인간은 갈등과 고통 속에서 사는 존재인 것이다. 특히 요즘같이 빠르게 변해가는 사회에서 생활을 한다는 것 자체가 걱정거리를 만든다고도 할 수 있다. 집 밖을 나오면서부터 일 걱정, 이성 걱정, 가족 걱정, 돈 걱정, 건강 걱정 등 각종 근심 걱정으로 짓눌리게 된다. 그런데 문제는 대부분의 사람이 지나치게 소심한 나머지 사소한 일로 걱정하고 근심하여 의욕 상실증에 걸려 있다는 데 있다.

삶에 창의력 바람을 일으킨 저명한 컨설턴트며 「느리게 사는 즐거움」의 저자로 유명한 미국의 어니 J. 젤린스키는 "10분 이상 고민하지 말라!"라고 갈파했다. 또한 그가 연구 · 조사한 바에 따르면 우리가 하는 걱정 중 96%는 쓸데없는 걱정이라고 한다. 모든 일을 자기중심에서 생각하고 판단하는 데서 근심과 걱정이란 갈등의 뿌리가 자라기 시작한다는 것이다. 그 증거의 하나가 의욕에 넘쳐 있는 사람들이 오히려 걱정과 근심이 많다는 것이다. 이런 사람들은 일을 잘해야 한다는 강박감과 실패에 대한 두려움 때문에 자신이 갖고 있는 의욕에 비례하는 근심을 갖고 있다. 그래서 심리학자들은 이 문제를 다시 정밀히 분석해, 사람들이 이렇게 필요 이상으로 매사에 근심을 하게 되는 것은 인간의 이기심 때문이라는 것을 밝혀냈다. 그렇다면 과연 어떻게 해야 이런 걱정과 근심에서 벗어나 보다 적극적이고 자신감 있는 인생을 펼쳐나갈 수 있는 걸까?

심리학자들은 자기중심의 이기적인 사고에서 벗어나야 한다고 주장한다. 다시 말하면 모든 일의 중심을 자신으로 생각하지 말고 남을 중심으로 생각하고 판단하면, 자신의 근심이 줄어든다는 것이다. 행복과 불행은 그 크기가 미리부터 정해져 있는 것이 아니다. 그것을 받아들이는 사람의 마음에 따라서 작은 것도 커지고 큰 것도 작아질 수 있는 것이다. 그러므로 매사를 긍정적으로 생각하려는 넉넉한 마음을 가져야 한다.

그런데 위에서 전개한 이 걱정꾸러기 이야기를 전해 듣고는 그 시대 유명한 학자인 열자는 웃으며 이렇게 말했다고 한다.

"천지가 무너지지 않는다고 말한 사람도 잘못이다. 무너질지 무너지지 않을지 우리로서는 모르는 일이다. 무너진다고 하는 자에게도 일리가 있고, 무너지지 않는다고 하는 자에게도 일리가 있다. 그러므로 삶은 죽음을 모르고, 죽음은 삶을 모른다. 미래는 과거를 모르고, 과거는 미래를 모른다. 그런데 왜 그런 말에 신경을 써야 하는가?"

열자의 이 말은 우리들에게 시사하는 바가 크다. 현재와 같이 변화무쌍한 세상에서는 모든 일을 너무 낙관적으로만 생각하다가는 자칫 일을 그르칠 수도 있기 때문이다. 때론 다소의 긴장감도 필요하다. 약간의 스트레스는 오히려 일의 생산성을 높이는 효과가 있다고 한다.

그러나 비관주의도 낙관주의도 아닌, 어떤 것에도 치우치지 않는 중용의 마음을 갖기란 그리 쉽지 않다. 너무 소심한 나머지 위의 고사처럼 지나친 걱정으로 병이 나게 될 수도 있고, 또한 지나친 낙관주의로 걱정 한 번 하지 않다가 의외의 실패를 맛보게 될 수도 있는 것이다. 그러나 명심할 것은 쓸데없는 걱정은 하지 말아야 한다는 것이다. 유비무환의 정신으로 적당히 발전 지향적인 걱정도 해두어야 하고, 긍정적, 적극적 태도로 생활할 필요도 있다. 그리고 어려운 때일수록 비관주의에 빠지지 않도록 주의할 필요가 있다.

고민거리는 크게 자신이 걱정해서 해결할 수 있는 고민과 해결할 수 없는 고민으로 나눌 수 있다. 내일 비가 오면 어떻게 하나? 그러면 우산을 준비하면 되는 것이다. 비를 멈추게 하는 것은 당신 능력을 벗어난 것이다. 사람은 인간의 영역에 해당하는 문제를 푸는 데만 노력하면 된다. 오직 자신이 걱정해서 풀 수 있는 문제들만 고민하고 그에 대한 해결책을 찾아야 한다.

고대 로마의 정치가며 철학자인 키케로는 인간이 성공하기 위해 극복해야 할 결점을 다음과 같이 여섯 가지로 들었다.

첫째, 자신의 이익을 위해 남을 누른다.

둘째, 변화나 극복하기 어려운 일에 대해서 걱정만 한다.

셋째, 어떤 일은 도저히 성취할 수 없다고 생각한다.

넷째, 사소한 애착이나 기호를 끊어버리지 못한다.

다섯째, 마음의 수양과 자기 계발을 게을리 하고 독서와 연구하는 습관을 갖지 않는다.

여섯째, 남들에게 자신의 사고방식을 따르도록 강요한다.

이러한 결점은 우리가 성공의 길을 걸어가는 데 있어서 당연히 걸림돌이 될 것이다.

예술가이면서 작가인 미국의 앤드루 매슈스는 그의 저서 「마음 가는 대로 해라」에서 이렇게 말하고 있다.

"새벽에 일어나서 운동을 하고 공부를 하고 사람들을 사귀면서 최대한으로 노력하고 있는데도 인생에서 좋은 일은 전혀 일어나지 않는다고 말하는 사람을 나는 여태껏 본 적이 없다"라고.

이 말은 하루하루를 바쁘게 살면 근심과 걱정을 할 새가 없다는 것이고, 그렇게 되면 하는 일들이 저절로 잘 풀리게 된다는 것을 의미한다. 따라서 고민이 있을 때는 그 고민의 핵심을 정확히 파악하여 문제를 해결하는 데만 노력하는 지혜를 발휘해야 한다. 고민이 많다고 해서 한숨 쉬지 말라. 고민은 당신의 영혼을 갉아먹는 다. 문제의 핵심을 정확히 파악하고 해결책을 찾아 그대로 실천하라. 해결책이 보이지 않으면 무시하라. 고민을 하나, 안 하나 똑같지 않은가?

자신을 괴롭히고 있는 문제를 해결하기 위해서 할 수 있는 일이 있다면 주저하지 말고 하라. 생각이 끝나고 걱정이 시작되는 순간에 일을 결정하라. 걱정을 극복하기 위한 모든 조치를 강구한 뒤, 더 이상은 걱정하지 말라. 걱정할 시간에 차라리 일에 더 몰두하라. 그러면 걱정은 봄눈 녹듯이 사라질 것이다.

▶ 쓸데없는 걱정을 하지 말라

우리가 하는 걱정의 40%는 절대 현실에서 일어나지 않을 사건에 대한 것이고, 30%는 이미 일어난 사건에 대한 것이다.

22%는 사소한 사건으로 인한 고민이다.

4%는 우리가 바꿀 수 없는, 어쩔 도리가 없는 사건에 대한 것이다.

그리고 나머지 4%만이 우리가 대처할 수 있는 진짜 사건이다. 즉, 우리가 고민하고 있는 96%의 걱정거리가 쓸데없는 것이다.

－어니 J. 젤린스키

성공 TIPS 지나친 근심과 걱정은 자신을 파멸의 길로 인도한다. 근심하는 자에게는 고통이 딸려 오기 마련이다. 근심을 없애고자 하거든 먼저 애욕에 탐착하지 말아야 한다. 허황된 욕심을 버려야 한다. 모든 것을 긍정적으로 생각하면서 넉넉한 마음을 가져야 한다. 뚜렷한 목표 의식을 갖고 자신의 일에 열정을 쏟아 몰입하면 근심과 걱정은 자연스럽게 사라진다. 근심이 사라져야 안심이 생기는 법이다.

과욕은 나 자신을 망친다

일을 꾀하되 쉽게 되기를 바라지 말라. 일이 쉽게 되면 뜻을 경솔한 데 두기 쉬우니 성현이 말씀하시되 어려움을 겪어서 일을 성취하라 하셨느니라.
분에 넘치게 이익을 바라지 말라. 분에 넘치면 어리석은 마음이 생기나니, 성현이 말씀하시되 적은 이익으로써 부자가 되라 하셨느니라. -묘협 스님

옛날 아주 가난한 짚신 장수가 살고 있었다. 손이 거칠어지도록 짚신을 만들어서 장날에 내다 팔아 겉보리 두 되씩을 사오지만 입이 여럿이라 가난에서 벗어나질 못했다. 그런데도 천하태평이어서 항상 노래를 흥얼거리고, 해만 지면 쓰러져 드르렁드르렁 코를 골았다. 바로 이웃에는 불면증으로 고생하는 부자 노인이 살고 있었다. 풍족한 재물도, 그 많은 자식과 손자도 부자 노인의 불면증을 고칠 수가 없었다. 부자 노인은 세상에서 짚신 장수의 잠처럼 부러운 것이 없다고 생각했다. 그래서 그는 어느 날 짚신 장수를 찾아가 말했다.

"여보게! 어떻게 하면 자네처럼 편히 잠을 잘 수 있나?"

짚신 장수가 어안이 벙벙해서 "그게 무슨 말씀입니까?" 하고 질문하니 부자 노인이 "나는 잠을 통 못 자 걱정이네. 잠 한 번 원 없이

자보았으면 여한이 없겠네" 하고 말했다. 그러자 짚신 장수는 껄껄 웃으며 "참, 영감님! 걱정도 팔자입니다. 장에 가면 안 파는 것이 없는데 어찌 잠이라고 못 사겠습니까?" 하는 것이었다. 이 말에 부자 노인이 "그럼 자네가 나에게 잠을 팔 텐가?" 하니 짚신 장수는 대수롭지 않다는 듯이 "사가실 수 있으면 사가십시오"라고 대답했다. 물론 부자 노인은 짚신 장수의 말을 곧이 듣지 않았다. 그러나 짚신 장수의 마음이 고마워서 3백 냥을 주고 짚신 장수의 잠을 샀다.

그런데 그 후로 어찌된 셈인지 짚신 장수네 집안 분위기가 싹 돌변했다. 흥얼거리는 노랫소리도, 코 고는 소리도 좀체 들리지 않았다. 얼마 후 짚신 장수가 부자 노인을 찾아왔다. 잠을 못 자서 두 눈이 움푹 꺼진 짚신 장수는 3백 냥을 내놓으면서 애원했다.

"영감님께서 잠을 못 주무시는 것이 이제야 이해가 갑니다. 제발 이 돈을 다시 받으십시오. 큰 돈을 가지고 있다 보니 집을 살까, 소를 살까, 장사를 할까, 이 궁리 저 궁리를 하게 되고, 도둑이 무서워 품고 잤다 땅에 묻었다 하다 보니 도저히 잠을 잘 수가 없습니다. 그 전처럼 가난할지언정 열심히 일하면서 잠이나 실컷 자며 사는 것이 행복하겠습니다."

다음은 이솝우화의 한 토막이다.

어느 날 욕심 많은 여우가 포도밭 주변을 어슬렁거리고 있었다.

여우는 탐스러운 포도 열매를 발견하고 안으로 들어갈 궁리를 하다가 작은 구멍 하나를 찾았다. 그러나 여우는 그 구멍에 비해 자신의 몸이 큰 것을 알고, 사흘을 굶어 몸을 홀쭉하게 만든 다음 포도밭에 들어가 실컷 포도를 따먹었다. 배가 부른 여우가 다시 나오려 했지만 과식한 탓에 살이 쪄서 작은 구멍으로는 나올 수가 없었다. 하는 수 없이 여우는 사흘을 다시 굶어 살을 뺀 다음에야 포도밭에서 빠져나왔다.

이 우화는 욕심이 지나치면 화를 부른다는 교훈을 담고 있다.

아프리카 원주민이 원숭이를 사냥하는 방법은 매우 간단하다고 한다. 원주민들은 원숭이가 다니는 길목의 나뭇가지에 열매를 넣은 조롱박을 매달아 놓는다. 그리고 조롱박에 원숭이의 손이 겨우 들어갈 만한 구멍을 뚫어놓는다. 원숭이는 조롱박에 맛있는 열매가 들어 있는 것을 확인하고 그 속에 손을 집어넣는다. 그런데 원숭이는 조롱박의 구멍이 너무 작아서 열매를 움켜쥔 손을 빼내지 못한다. 사냥꾼들이 몰려오면 자신이 쥐고 있는 과일을 놓고 도망을 가야 하지만 원숭이에게는 그런 자각이 없다. 결국 원숭이는 어리석게도 한 손을 조롱박에 넣은 채 사냥꾼들에게 붙잡히고 마는 형국에 처하는 것이다.

맹수들도 그런 형식으로 잡는다고 한다. 먹이로 유인해 덫으로 들어오게 한다. 그런 후 덫 안으로 들어오면 못 나가게 잠가버린다.

여기서 주목할 것은 동물들은 대부분 자기가 덫 안에 갇히게 될 것이라는 것을 알면서도 무모하게 먹이에 대한 욕심을 부리다가 최후를 맞이하게 된다는 사실이다. 보다 먼 앞날을 내다보지 못하고 지금 당장 눈앞의 이익에 사로잡혀 돌이킬 수 없는 실책을 저지르고 마는 것이다.

사람도 마찬가지다. 재물이나 명예에 대한 욕심은 판단력을 흐리게 만든다. 과욕은 근심과 걱정을 불러일으킨다. 사람이 재물을 움켜쥔 손을 놓지 않으면 낭패를 당하는 수가 있다. 재물을 숭배하는 사람은 그 자신도 재물로 변화된다.

영국의 시인이며 비평가였던 새뮤얼 존슨은 "만족의 샘은 바로 마음이다. 그러므로 자기의 자세는 변화시키지 않고, 다른 모든 것을 변화시키는 것이 행복의 길이라고 생각하는 사람은 인간의 본성을 모르는 사람이다. 그것은 일생을 낭비하는 것이다"라고 하였다.

중국 속담에 "금 밥그릇을 손에 들고 거지 동냥을 한다"라는 말이 있다. 자기가 지금 가지고 있는 것이 얼마나 귀한 것인지도 모른 채, 아니 살펴보지도 않은 채, 그저 내게 없는 것만 찾아헤맨다는 의미다. 진정한 행복을 얻으려면 욕심을 버려야 한다. 과욕은 불행의 씨앗이 된다는 것을 잊어서는 안 된다.

세상의 모든 것은 시작이 있으면 반드시 그 끝이 있기 마련이다. 생명에는 죽음이 있고, 여행자에게는 종착역이 있으며, 경기에는 승부가 있고, 일에는 결과가 있다. 그런데 유독 끝이 없는 것이 있는

데 그것은 바로 사람의 욕심이다. 이 욕심은 대체적으로 인간에게 불행을 가져다주는 원인이 되고 있다. 욕심이 의욕을 북돋아주기보다는 과욕을 낳아 일을 오히려 그르치게 하는 결과를 초래하는 경우가 다반사이기 때문이다.

과욕의 결과는 그만큼 실망과 허무가 크다. 과유불급(過猶不及)의 경구를 마음에 새기자. 지나친 욕심을 버리고 순리대로 살아가자. 약간은 손해보는 기분으로 세상을 살아보자. 그러면 마음이 편해지고 하는 일이 더 잘될 것이다. 애면글면하거나 아등바등하지 않아도 되기 때문이다.

내가 욕심을 가장 철저하게 버렸을 때 가장 행복한 삶이 시작될 거라고 믿으면서, 욕심과의 결별을 다짐해보자. 물론 적당한 욕심도 때론 필요하다. 욕심을 목적 달성을 위한 일로 승화시키되 남의 것을 탐하거나 분수에 넘치는 욕심은 마음속에서 버리도록 하자.

▶ 나를 다스리는 법

나의 행복도 나의 불행도 모두 내 스스로 짓는 것. 나보다 남을 위하는 일로 복을 짓고 겸손한 마음으로 덕을 쌓으라.

모든 죄악은 탐욕과 성냄과 어리석음에서 비롯되는 것. 늘 참고 적은 것으로 만족하며 살라.

웃는 얼굴, 부드럽고 진실된 말로 남을 대하고 모든 일을 행할 때는 순리에 따르라.

나의 바른 삶이 온 사회를 위한 길임을 깊이 새기고, 나를 아끼듯이 부모를 하늘같이 섬기라.

웃어른을 공경하고 아랫사람을 사랑할 것이며 어려운 이웃에게 따뜻한 정을 베풀라.

내가 지은 선악의 결과는 반드시 내가 받게 되는 것. 순간순간을 후회 없이 걸림돌 없이 살라.

하루 세 번 늘 나의 자취를 돌아보고, 남을 미워하고 증오하기보다는 참회하는 마음으로 살라.

－석가모니

성공 TIPS 지나친 욕심은 화근이 될 수 있다. 욕심을 가장 철저하게 버렸을 때 가장 행복한 삶이 시작된다. 욕심과의 결별을 다짐해보자. 그리고 자신을 절제하는 법을 배우자. 언제나 중용의 마음을 가지고 더불어 살아가는 즐거움을 만끽하자.

자기 눈 속에 있는 들보를 먼저 보라

누구나 남의 단점은 금방 알 수 있다. 남의 약점만 보는 사람은 인간성의 반밖에 보지 못한다. 이런 사람은 결코 자기 자신도 파악하지 못한다. 남의 개성을 이해하고 단점을 받아들이는 사랑이 없으면 아무도 협력해주지 않는다. –인드라 초한

어느 날 한 거지가 서너 달 동안 덥수룩하게 수염을 기른 채 술집 옆에 있는 술통 위에서 늘어지게 낮잠을 자고 있었다. 지나가는 젊은 청년이 장난기가 발동하여 썩은 치즈 조각을 주워 잠자는 거지의 콧수염 위에 발랐다. 거지가 한참 잠을 자고 일어나 보니 어디서 더러운 냄새가 코를 찔렀다. 거지는 얼굴을 찌푸리며 잠시 생각을 했다.

'내가 이렇게 궁상맞게 생활하며 잠자는 사이 누가 내 주위에다 큰 볼일을 본 것일까?'

그러나 아무리 두리번거려도 큰 볼일을 봐놓은 흔적이 보이지 않았다. 거지는 또 생각했다.

'아마 잠이 좀 덜 깨서 그런가 보다. 술 한잔 마시면 괜찮아지겠지.'

거지는 구걸하여 얻은 동전 몇 닢을 들고 옆에 있는 술집으로 들

어갔다. 그런데 술 한 잔을 마시려니까 갑자기 술 냄새에다가 썩은 치즈 냄새까지 섞여서 아주 고약한 냄새가 진동을 했다. 거지는 속으로 '거참, 이상하네. 이 술도 썩었나?' 하고 밖으로 나왔다. 그렇지만 썩은 냄새는 없어지지 않고 계속 났다.

한참 걷다 보니 가까이 꽃집이 보였다. 거지는 '그렇지. 저 꽃은 썩지 않았겠지?' 하고 꽃가게에 가서 이 꽃 저 꽃의 향기를 맡아보았다. 하지만 백합은 백합대로, 장미는 장미대로 전부 독특하게 썩은 냄새가 났다.

'이상하다. 그 향기롭던 꽃도 썩었네.'

꽃집에서 나와 길을 한참 가다 보니 멀리서 귀부인이 밍크코트를 입고 걸어왔다. 그 귀부인 옆을 스치는 순간 화장품 냄새, 땀 냄새, 향수 냄새가 썩은 치즈 냄새와 뒤범벅이 되어 더 지독한 냄새가 났다. 거지는 한바탕 욕을 퍼부었다.

'저 여자는 부잣집 사모님같이 잘 차려 입었는데 길거리에 악취만 풍기고 돌아다니는구먼.'

그러고는 다시 공원으로 올라갔다. 공원으로 올라가는 순간 바람이 불면서 구린내가 심해지고 공원 주변에 있는 꽃들의 냄새를 맡았더니 전부 썩은 냄새가 났다.

'원, 젠장! 낮잠 한숨 자고 났더니 온 세상이 다 썩어버렸구먼. 왜 이리도 악취가 심하지?'

그는 더 이상 못 견디겠는지 여기저기 다니면서, 이 사람 저 사람

만나는 사람마다 붙잡고 소리쳤다.

"세상이 썩었다! 세상에서 악취가 난다! 온 세상이 썩었다!"

그러나 아무도 거지의 이런 외침을 들어주지 않았다. 오히려 사람들은 그 거지를 보고 "제정신이 아니다, 미친 사람이다"라고 손가락질하며 수군거렸다. 그러나 그러면 그럴수록 그 거지는 도리어 세상 사람들이 모두 미쳤다고 화를 냈다. 행색이 초라하기 때문에 사람들이 자신을 업신여기고 있다고 원망했다. 그런데 문제는 냄새의 원인이 그 거지의 코 밑에 있었다는 사실이다. 비록 지나가는 사람이 한 짓이었지만 거지는 자신은 돌아보지 않고 남들을 탓하고 세상을 나무랐던 것이다.

이 얘기는 눈에 보이는 것, 내가 느끼고 생각하는 것이 전부가 아님을 일깨워주는 일화다. 빨간 안경을 쓰면 하얀 종이가 빨갛게 보이고, 집의 창문이 더러우면 이웃집 빨래가 지저분하게 보이듯이, 우리가 지금 보고 있는 것은 있는 그대로의 모습이 아니다. 보고 싶은 부분만, 보여지는 부분만 보고 있는 것이다.

미국의 대표적인 극작가인 테너시 윌리엄스는 "불행의 책임을 남에게 돌리지 말라"라고 갈파했고, 다음과 같은 말을 덧붙였다.

"자신에게 닥친 어려움이나 불행에 대해 자신의 책임을 인정하지 않는 사람은 궁지에서 벗어나 마음 편해지기 위해 즉각 다른 사람에게 비난의 화살을 돌린다. 물론 스스로 책임을 진다는 것은 자기 잘못을 직면해야 하므로 결코 쉬운 일이 아니다. 그러나 한번 남의 탓으로 돌리고 나면 책임을 떠넘기는 건 좀처럼 떨쳐버릴 수 없는 습관으로 굳어지게 된다."

성경에 보면 아담이 선악과를 먹었을 때 "절대 먹지 말라고 한 과일을 네가 먹었구나" 하고 하나님이 아담을 문책하자 아담은 "하나님이 저와 함께 있게 하신 여자가 그 과일을 주어서 먹었습니다"라고 대답했다. 즉 아담은 하나님께서 함께 있게 한 그 여자 때문에 그렇게 되지 않았느냐는 식으로 자기 잘못을 하나님과 여자 탓으로 돌렸던 것이다. 하나님은 또 하와에게 물으셨다.

"네가 어찌하여 이렇게 하였느냐?"

그랬더니 하와는 "뱀의 유혹에 넘어가 먹었습니다"라고 대답했다. 하와 역시 그 잘못을 자신을 꾄 뱀의 탓으로 돌렸던 것이다.

이렇게 인간은 태초부터 자기 잘못을 남 탓으로 돌리기를 잘하도록 태어났는지도 모른다. 잘되면 제 탓, 못되면 조상 탓이라고 하듯이 자기가 잘못해 사업을 망치고도 조상 묏자리를 탓하고, 자기가 공부 안 해서 대학 떨어지고도 부모를 탓하는 사람들이 있다. 실제로 우리 주변을 보면 자기가 잘못한 것도 모두 남 탓으로 돌리는 사람들이 많다.

우리나라 속담에 "남의 눈의 티끌은 잘 보면서 제 눈의 들보는 못본다, 또는 "똥 묻은 개가 겨 묻은 개 나무란다"라는 말이 있는데 이는 자신에게 더 큰 흉이 있으면서 오히려 남의 작은 흉을 본다는 뜻이다. 사람들은 때때로 자기 자신에게 지극히 관대하다. 그리하여 남의 사소한 단점은 잘 끄집어내지만 자신의 커다란 결점에 대해서는 간과하는 일이 많다.

일반적으로 사람들은 어떤 일의 결과가 좋지 않게 나타났을 때 원인을 찾으려고 노력한다. 그런데 그 원인이란 건 분명할 수도, 그렇지 않을 수도 있으며 심지어는 인간의 한계를 벗어나는 경우도 있다. 어떤 일은 내 탓일 것이고 어떤 일은 네 탓일 것이다. 또한 어떤 일은 나와 너의 탓일 경우도 있을 것이다. 잘못의 책임 소재가 명확한 경우에도 본인의 과오를 인정하는 것은 쉽지 않다. 대부분의 사람은 마음속으로는 잘못을 알지만 처벌이 두려워 부인하기도 하고, 습관적으로 책임을 회피하기도 한다.

사명대사의 스승으로 임진왜란 때 많은 공을 세운 서산대사 휴정은 "허물이 있으면 곧 참회하고 잘못한 일이 있으면 반성하고 부끄러워해야 대장부의 기상이 있는 것이다"라고 말했다. 무엇이 잘못되었을 때 남을 탓한다거나 세상을 탓하는 것은 바람직하지 못하다. 문제는 항상 자기 자신에게 있다. 이 세상의 모든 문제는 바로 나 자신에게 있고, 우리 자신에게 있다고 하는 생각과 자세를 갖는 것이 중요하다.

그러나 역시 내 탓을 한다는 것은 매우 괴로운 일임에 틀림없다. 그것이 내 마음의 상처로 남을 수 있기 때문이다. 따라서 내 탓을 할 때도 강도를 조절해야 마음의 리듬을 유지할 수 있다. 만약 일어서

지 못할 정도로 자책감에 휩싸인다면 다음의 성공을 기약할 수 없다. 그래도 내 잘못으로 인한 결과에 대해서는 내 탓이라고 확실하게 인정한 후에 뒷수습을 해나가는 것이 앞으로의 남은 인생에 훨씬 더 도움이 된다. 무조건 남을 탓하면 당장은 편하겠지만, 더 이상의 발전을 기대하기는 힘들다.

일의 결과가 기대와 다르게 나타났을 때 책임 회피용으로 색깔을 칠하는 건 옳지 못한 행동이다. 책임을 지려는 태도가 움터야 마음도 편하고 다음 일에 임하는 마음 자세도 달라진다. 스스로의 결점과 잘못에 대한 반성이 없다면 또 다른 실패를 가져올 수 있다.

또한 내 탓도 네 탓도 아닌 팔자 탓이나 환경 탓을 하는 경우도 있다. 감당하기 어려운 좌절을 겪을 때, 운명론자가 되거나 환경 탓을 하면 어느 정도 마음이 편해지는 것도 사실이다. 우리 앞에 놓인 상황에 따라 어떠한 탓을 고르느냐에 따라 인생의 방향도 달라진다. 적절한 탓을 고르고 그 강도를 조절하는 일도 살아가는 데 있어서 간과할 수 없는 부분이다.

이제부터는 스스로를 합리화하는 자기애라는 모래 위에 인생을 설계하는 어리석은 태도를 버리고, 자타가 인정하는 견고한 반석 위에 인생을 설계하는 지혜를 배워야 한다. 이것이 인생을 승리로 이끄는 비결이라고 할 수 있다. 그리고 다른 사람들이 잘못된 행동을 할 경우에는 이를 나무라는 것보다는 반면교사로 삼아, 그와 같은 일이 나에게 닥쳤을 때 슬기롭게 대처할 수 있어야 한다. 세상에 스승 아닌 것이 없다고 하지 않는가? 그래야 그릇이 더 커진다. 세상 사 잘못을 남의 탓으로 돌리지 말자. 잘된 사람은 운이나 재수가 좋아서가 아니라 노력 때문이다.

모든 '탓'을 남에게서 찾기는 쉬워도 자신에게서 찾기는 어려운 것이 사람이지만 이를 뛰어넘을 때 남보다 큰 그릇이 될 수 있는 것이다.

▶ 결단이 없으면 성공도 없다

미국의 40대 대통령 레이건의 어린 시절 이야기다. 하루는 레이건의 부모님이 구두를 사주겠다고 해서 함께 신발 가게에 갔다. 신발 가게 아저씨가 "앞이 둥근 것과 각진 것 중 어떤 구두가 마음에 드느냐?"라고 물어보았다. 그러나 어린 레이건은 계속 구두를 살펴보기만 할 뿐 결정을 내리지 못했다. 결국 그는 그날 구두를 맞추지 못하고 집으로 돌아와야 했다.

며칠 후 다시 부모님과 함께 신발 가게를 찾았지만 여전히 결정을 못하자 신발 가게 아저씨는 "알았다. 내가 너의 마음을 알았으니 너는 내가 지어주는 대로 구두를 신으면 절대로 후회하지 않을 것이다"라고 말했다. 그렇게 해서 구두를 사기 위해 세 번째 신발 가게를 찾았을 때, 아저씨가 어린 레이건에게 내민 구두는 한쪽 코는 둥글고 다른 한쪽은 네모진 짝짝이 구두였다.

어린 레이건은 아저씨에게 구두가 짝짝이가 된 이유를 물었다. 아저씨는 "결정할 줄 모르는 아이에게는 이 신발을 신겨야 한단다"라고 대답했다.

어린 그는 너무나 창피했지만 매우 커다란 교훈을 얻었다. 레이건은 그때 결정할 줄 모르는 사람의 신발은 짝짝이라는 교훈을 가슴 깊이 새겼다. 그래서 그는 이때부터 어떤 결정을 하거나 선택의 기로에 섰을 때, 어떻게 처신해야 하는지를 결정하고 이를 실천에 옮겼다. 그리하여 그는 결국 미국의 대통령에 당선되어 정치가로 성공하기까지 이른 것이다.

우리는 인생을 살아가는 과정 속에서 결단이 얼마나 중요한지 간혹 망각하는 경우가 있다. 담배를 끊겠다고 결단하지 못해 암에 걸리는 사람도 있고, 술을 끊겠다고 결단하지 못해 알코올 중독에 빠지는 사람도 있고, 도박을 끊겠다고 결단하지 못해 재산을 모두 잃는 사람도 있다. 일단 결단하고, 그 결단대로 행동에 옮겨야 행복한 삶을 살 수 있다. 머뭇거리다가는 아까운 인생을 무의미하게 보낼 수 있음을 명심해야 한다.

성공 TIPS 남을 탓하거나 세상을 탓하지 말자. 문제는 항상 자기 자신에게 있는 것이다. 이 세상의 모든 문제는 바로 나 자신에게 있고, 우리 자신에게 있다고 하는 생각과 자세를 갖는 것이 중요하다. 책임 회피용으로 색깔을 칠하는 건 바람직하지 않다. 혹시 지금까지 소극적인 자세로 현실을 도피하거나 문제를 남의 탓으로 돌린 일이 있다면, 보다 적극적이고 긍정적인 태도로 바꾸어나가도록 하자. 남의 잘못은 반면교사로 삼자.

세상만사는 마음먹기 나름이다

그대의 것이 아니거든 보지를 말라! 그대의 마음을 흔드는 것이거든 보지를 말라! 그래도 강하게 덤비거든 그 마음을 힘차게 불러일으키라! -괴테

　프랑스를 여행하던 신사 두 명이 어느 날 작은 시골 마을의 여관에 묵게 되었는데, 그 여관은 너무나 낡고 초라했다. 특히 이들 두 여행객이 투숙한 방은 다락방을 개조해 만들어서 천장이 낮고 환기가 잘 안 되는 아주 비좁은 방이었다.

　밤이 되어 좁은 침대에서 두 사람이 함께 잠을 자려고 하니 불편하기도 하고 공기도 탁하여 좀처럼 잠을 이룰 수가 없었다. 견디다 못해 한 신사가 창문이나 좀 열어서 시원한 바람이라도 들어오게 하려고 불 꺼진 어두운 방 안을 더듬거리며 창문을 찾았다. 그러나 아무리 문을 열려고 애를 써도 열리지 않았다. 다른 신사와 함께 힘을 모아 밀고 당기고 해보았지만 창문은 꿈쩍도 하지 않았다. 그래서 두 사람은 궁리 끝에 창을 깨뜨리고 말았다. 그러자 시원한 바람이

"쏴" 하고 불어와 그제야 가슴이 탁 트여 기분 좋게 잠을 이룰 수가 있었다. 그런데 아침에 일어나 보니 벽에 붙어 있던 거울이 깨져 있었다. 두 신사는 거울이 깨지는 소리를 유리 창문이 깨지는 것으로 생각하고 상쾌한 바람이 불어온 것으로 착각했던 것이다.

옛날, 두 아들을 둔 어머니가 살고 있었다. 그런데 큰아들은 우산 장수였고, 작은아들은 짚신 장수였다. 그래서 어머니는 마음이 편할 날이 없었다. 날씨가 맑은 날이면 어머니는 이렇게 걱정했다.

"아이구, 날씨가 이렇게 맑으니 큰아들네 우산 장사가 안 되겠구나. 요즘 돈이 없어서 쩔쩔맸는데, 장사도 못 하게 되었으니 이를 어찌할까."

또 비가 오는 날이면 이렇게 걱정했다.

"아이구, 비가 이렇게 오니 작은아들네 짚신 장사가 안 되겠구나. 작은아들네는 식구도 많은데 장사를 못 하게 되었으니 큰일이로구나, 큰일이야."

그러니 어머니는 날씨가 맑아도 걱정, 비가 와도 걱정, 늘 걱정뿐이었다.

하루는 이웃 사람이 수심에 잠겨 있는 어머니의 모습을 보고 그 연유를 물었다. 어머니는 한숨을 크게 쉬며 "내게는 우산 장수인 큰아들과 짚신 장수인 작은아들이 있다오. 그런데 날이 좋은 때에는 큰아들이 장사가 안 되고, 비가 오는 날에는 작은아들이 장사를 망치니, 내가 하루라도 마음 편할 날이 있겠소? 그저 해가 떠도 걱정, 비가 와도 걱정뿐인 게 내 신세라오" 하는 것이었다.

그 말을 듣고는 이웃 사람이 웃으며 말했다.

"아주머니! 그런 걸 가지고 무얼 그리 걱정하십니까? 이제부터는 해가 나면 짚신 파는 둘째 아드님 장사가 잘될 것을 기뻐하고, 비가 오면 우산 파는 큰아드님 장사가 잘될 것을 기뻐하세요. 이렇게 반대

로 생각하면 되지 않습니까? 행복은 마음먹기에 달린 거랍니다."

들고 보니 과연 그러했다. 그 뒤부터 어머니는 해가 떠서 날씨가 맑아도 즐겁고, 비가 와서 날씨가 나빠도 그저 흐뭇하고 신이 날 뿐이었다. 그런데 어머니가 마냥 행복해하고 있던 어느 날, 어떤 나그네가 이 이야기를 듣고는 딱하다는 듯이 말하였다.

"그 이웃 양반은 어리석기 짝이 없군요! 그렇게 단순하게 생각하니 말입니다. 아, 날씨가 맑은 날에는 큰아들이 작은아들네 짚신 장사를 돕고, 비가 오는 날에는 작은아들이 큰아들네 우산 장사를 도우면 되잖아요! 그러면 돈을 두 배로 벌 수 있는데, 왜 그 생각을 못 합니까?"

그 말을 듣고 어머니는 무릎을 탁 쳤다.

이와 같이 생각을 바꾸면 세상이 달라진다. 그리고 상생의 입장에서 한쪽이 쉬는 날, 다른 쪽을 도와주면 윈윈(Win-Win) 효과를 기대해볼 수도 있다. 생각 한 번 바꿈으로 인해 '1+1=2'가 아닌 '3' 이상의 효과를 가져오는 것이다.

또 다른 이야기다.

큰 물건을 등에 지고 길을 나선 두 장사꾼이 높고 험난한 고개를 만나게 되었다. 때는 한여름이고 해는 중천에 떠 있어서 가만히 앉아 있어도 땀이 비 오듯이 주르륵 흐를 정도로 무더웠다. 장사꾼 중의 한 사람은 흐르는 땀을 연방 훔치면서 그 큰 고개를 짜증난 시선으로 바라보고는 중얼거렸다.

"재수 없는 날이군. 어느 세월에 이 고개를 넘는단 말인가."

그런데 다른 한 장사꾼은 희망찬 시선으로 고개를 바라보면서, 얼굴에 미소를 띠며 이렇게 말했다.

"오늘은 재수 좋은 날이군. 이렇게 험한 고개가 있으니 고개 너머 저 쪽엔 장사꾼이 자주 올 수 없었을 거야. 그러니 고개를 넘어가기만 하면 물건을 쉽게 팔 수 있을 거야."

전자는 고개 너머 마을에서 얻게 될 기쁨을 보지 못하고, 목전의 고생만 바라본 사람이다. 그러니 그에게 있어서 높은 고개는 단지 장애물로만 여겨질 뿐이었다. 그러나 후자는 목전의 고생보다 그 다음에 올 기쁨을 바라본 사람이다. 그에게 있어서 높은 고개는 성공을 위한 디딤돌이었던 것이다.

"어려운 환경을 극복하는 것은 마음먹기에 달렸다"라는 말을 우리는 자주 듣게 되는데 위의 세 가지 일화는 인간의 심리란 얼마나 묘한 것인가를 말해주고 있다. 사람의 마음속 천칭은 늘 왔다 갔다 한다. 새소리를 듣고도 어떤 사람은 노래한다고 하고, 어떤 사람은 운다고 한다. 같은 소리를 들어도 듣는 사람의 마음가짐에 따라 다르게 들리는 것이다. 환경은 주어지는 것이 아니라 만들어가는 것이다. 문제는 우리의 마음에 달려 있다.

인생의 모든 역경도 긍정적인 생각을 가지고 꿈을 펼쳐나가는 자에게는 성공을 위한 도약대가 되어준다. 따라서 목전의 수고만 바라보고 쉽게 좌절하는 사람은 실패하지만 고생과 수고 다음에 찾아올 기쁨과 영광을 바라보면서 인내하는 사람은 성공하는 것이다. 슈바이처는 "인간의 미래는 인간의 마음에 있다"라고 했다. 성공과 실패의 차이는 능력이나 지식, 기술의 차이 이전에 생각, 마음가짐의 차이에서 온다고 할 수 있다. 부정적인 생각을 버리라. 자기 자신을 믿고 사랑하라. 긍정적인 다짐을 외치라.

우리는 흔히 "지금 내가 놓인 처지에서는 내게 주어진 일을 다 해낼 수가 없다"라고 말한다. 그렇지만 설령 당신이 모든 외적인 활동의 가능성을 모두 박탈당할지라도 당신의 내적인 생활은 당신의 지배 아래에 놓여 있는 것이다. 당신은 머릿속으로 남을 책망하거나 비난하거나 부러워하거나 미워할 수 있으며, 또한 마음속에서 이런 감정들을 억제하여 좋은 감정으로 바꿀 수도 있다. 그러므로 당신 생활의 모든 순간은 당신의 것이며, 그 누구도 그것을 당신에게서 빼앗을 수는 없다.

생각은 마음을 지배하고, 마음은 환경을 지배한다. 그렇기 때문에 유능한 사람은 무엇보다 자기 마음을 먼저 컨트롤하려고 한다.

소설 「이방인」으로 잘 알려진 프랑스의 작가 알베르 카뮈는 "지성인은 자기의 마음으로 자기 자신을 망보는 사람이다"라고 했다.

"세상만사 마음먹기 나름이다"라고 하는 말처럼 무슨 일이든지 마음먹기에 달려 있다는 것을 모르는 사람은 아무도 없을 것이다.

다만 말처럼 생각과 마음, 그리고 실천이 안 따라주는 것이 문제다. 생각만 한다고, 알고 있다고 일이 성사되는 것은 아니다. 실천이 뒤따라야 한다. 큰 성공은 자기 의지의 실천에서 비롯된다.

세계적인 성공 철학자요, 의사인 미국의 조지프 머피 박사는 "생각하면 생각하는 대로 된다"라고 말했다. 즉 세상 모든 일은 마음먹은 대로 된다는 것이다. 이 세상 모든 일은 뜻하는 대로 이루어지게 되어 있다. 그래서 예수는 산상수훈에서 "하늘은 스스로 돕는 자를 돕는다"라고 갈파했던 것이다.

우리 인간은 누구나 보이지 않는 무한한 잠재 능력을 갖고 있다. 그 능력을 어떻게 활용하는가에 따라 크게 성공하기도 하고 그렇지 않기도 한다. 항상 긍정적인 말을 해야 한다. 부정적인 말을 하면 말이 씨가 된다고 하듯이 결과 또한 나쁘게 나타날 수 있기 때문이다.

이렇듯 성공과 행복은 마음에 따르는 것이다. 모든 것을 다 소유하고 있어도 마음이 텅 비어 있다면, 빈 곳간을 지키는 것처럼 허전하고 답답할 것이다. 그러나 아무리 가난하고 가진 것이 없어도 마음이 가득 차 있다면 포식하지 않아도 배가 부를 것이다. 따라서 마음이 부자인 사람은 행복하지만 마음이 가난한 사람은 불행한 것이다.

세상만사는 생각하기 나름이요, 마음먹기에 달려 있다. 좋은 기분으로 하루를 생활하다 보면 반드시 좋은 일이 생기게 마련이다. 우리의 삶은 마음먹기에 따라 달라지는 것임을 명심하자.

▶ 마음가짐을 바르게 하라

화는 마른 솔잎처럼 조용히 태우고 기뻐하는 일은 꽃처럼 향기롭게 하라.

역성은 여름 선들바람이게 하고 칭찬은 징처럼 울리게 하라.

노력은 손처럼 끊임없이 움직이고 반성은 발처럼 가리지 않고 하라.

인내는 질긴 것을 씹듯 하고 연민은 아이의 눈처럼 맑게 하라.

남을 도와주는 일은 스스로 하고 도움받는 일은 힘겹게 구하라.

내가 한 일은 몸에게 감사하고 내가 받은 것은 가슴에 새겨두라.

미움은 물처럼 흘려 보내고 은혜는 황금처럼 귀히 간직하라.

사람은 축복으로 태어났고 할 일이 많은 바 몸은 타인의 물건을 맡은 듯 소중히 하라.

모든 일에 넘침은 모자람만 못하고 억지로 잘난 척함은 아니함만 못하다.

시기는 칼과 같아 몸을 해하고 욕심은 불과 같아 욕망을 태우니 욕망이 지나치면 몸과 마음 모두 상하리라.

내 삶이 비록 허물투성이라 해도 자책으로 현실을 흐리게 하지 않으며 교만으로 나아감을 막지 않으리니, 생각을 늘 게으르지 않게 하고 후회하기를 변명 삼아 하지 말라.

사람을 대할 때 늘 진실로 믿고 절대 간사한 웃음을 흘리지 않으리니 후회하고 다시 후회해도 마음가짐은 늘 바르게 하리라.

오늘은 또 반성하고 내일은 희망이어라.

－「법구경」 중에서

성공 TIPS 만사는 생각하기 나름이다. 어떤 일이든 마음가짐에 따라 전혀 다른 결과를 낳을 수 있다. 마음이 가는 곳에 몸은 저절로 따라간다. 신념이 강하면 못 이룰 것이 없다. 환경은 주어지는 것이 아니라 자신이 만들어가는 것이다. 그러나 생각만 한다고, 알고 있다고 일이 성사되는 것은 아니다. 실천이 뒤따라야 한다. 낙관적인 생각과 희망은 기회를 창출하고 선택을 낳는다. 인생의 모든 역경도 긍정적인 생각을 가지고 대하면 언젠가는 성공을 위한 도약대가 되어준다.

현명한 사람은 큰 불행도 작게 처리한다

어떤 것이 큰 불행이고, 또 어떤 것이 큰 행복인가? 행복과 불행은 그 크기가 미리 정해져 있는 것이 아니다. 다만 그것을 받아들이는 사람의 마음 크기에 따라서 작은 것도 커지고, 큰 것도 작아질 수 있다. 현명한 사람은 큰 불행도 작게 처리하고, 어리석은 사람은 조그마한 불행도 크게 확대해서 스스로 큰 고민에 빠진다. —라로슈푸코

먼 옛날 '운명'이라는 이름의 부인이 집에서 일을 하고 있었는데 문을 노크하는 소리가 들렸다. 누군가 하고 밖에 나가보았더니 불행의 여신이 문 앞에 서 있었다. 그 부인은 얼른 문을 닫으려고 했다. 그러나 어두운 얼굴에 비참한 표정을 짓고 있는 불행의 여신은 "얼마 동안 네 집에 머물러야겠다"라면서 막무가내로 집 안으로 들어왔다. 그날부터 온 집안이 어둡고 불행해지기 시작하였다. 웃음이 사라지고 병과 우환이 계속되었다. 부인은 불행의 여신에게 제발 집에서 떠나가 달라고 간청했다. 그러나 불행의 여신은 "원하든, 원치 않든 나는 누구의 집에나 반드시 있기 마련이다"라고 하면서 집을 떠나지 않았다.

그러던 어느 날 불행의 여신이 "이제 작별해야 할 때가 왔다"라고

하면서 그 집을 떠났고, 이내 불행의 어두운 그림자도 멀리 사라져 버렸다. 며칠 후 그 집 문을 두드리는 소리가 들렸다. 나가 보니 밝고 화평한 표정을 짓고 있는 행복의 여신이 문 앞에 서 있었다. 행복의 여신은 "얼마 동안 네 집에 머물러야겠다. 불행의 여신이 다녀간 다음에는 반드시 내가 찾아오게 되어 있다"라고 말하면서 집 안으로 들어왔다. 그날부터 집안에는 평화와 행복과 기쁨의 날이 계속되었다. 그러나 얼마 후에 행복의 여신은 그 집을 떠나겠다고 하였다. 부인은 행복의 여신에게 제발 가지 말고 오래오래 있어달라고 간청했지만 "나는 한 집에 오래 머무를 수 없는 몸이다. 다른 집에 또 가봐야 하니까"라면서 그 집을 떠나가 버렸다.

이와 같이 행복과 불행은 동전의 양면과 같이 떨어질 수 없는 관계인 동시에 상대적인 개념이다. '인생만사 새옹지마(人生萬事 塞翁之馬)'라서 행복한 일도 생길 수 있고 불행한 일도 생길 수 있는 것이다. 소설가 이외수는 행복과 불행에 대해 이렇게 말하고 있다.

"자신을 불행한 존재라고 생각하는 사람은 아직도 더 불행해질 여지가 남아 있다. 아주 작은 일에도 큰 기쁨을 느끼는 사람에게는 그어떤 불행도 위력을 상실해버리고 만다. 그러나 아주 작은 일에도 기쁨을 느낄 수 있는 경지에 이르기까지는 어차피 여러 가지 형태의 불행을 감내하지 않을 수가 없다. 불행이란 알고 보면 행복이라는 이름의 나무 밑에 드리워진 행복만 한 크기의 나무 그늘 같은 것이다."

세상에는 행복만 있는 인생도 없고 불행만 계속되는 인생도 없

다. 낮이 지나가면 밤이 오고, 밤이 지나가면 낮이 오듯이 행복 다음
에는 불행이 오고, 불행 다음에는 행복이 온다. 즉, 행복과 불행의
교차는 우리 인생의 기본적인 법칙이요 생활의 리듬이다.

 또한 자신에게 닥친 나쁜 일만 생각하면 한없이 불행한 것만 같
을 테지만 나보다 못한 사람이나 더 나쁜 일을 겪은 사람을 생각하
면 '난 참 행복한 사람이구나' 라는 생각이 들 것이다.

고대 그리스의 철학자 소크라테스는 "현재의 생활 또는 미래의 생활 그 어느 것에 있어서나, 자기 자신 이외의 것에서 행복을 얻으려는 사람은 그릇된 사람이다. 불행을 겁낼 때 당신은 이미 불행하다. 불행을 가져야 할 자는 영구히 불행을 겁내고 있는 자뿐이다. 나는 생각한다. '잘 되겠다고 노력하는 그 이상으로 잘 사는 방법은 없으며, 그리고 실제로 잘되어 간다고 느끼는 그 이상으로 큰 만족은 없다' 라고. 이것은 내가 오늘까지 살아오며 경험하고 있는 행복이며, 그리고 그것이 행복인 것은 내 양심이 증명해주고 있다" 라고 하였다.

현명한 사람은 불행을 불행으로 받아들이지 않고 이를 잘 헤쳐나간다. 즉 어둠이 지나고 나면 새벽이 다가오는 것과 같이 불행 뒤에 올 희망과 행복을 생각하면서 참고 견디어나가는 것이다.

▶ 현명한 사람이 되는 10가지 TIPS

1_자신의 내면에 숨겨져 있는 가치를 십분 드높이라.

2_아무리 큰 어려움에 처해도 당황하지 말고 대안을 강구하면서 헤쳐나가라.

3_지식과 지혜를 쌓는 일에 게을리 하지 말라.

4_항상 중심이 있는 질문을 하고 명확한 대답을 하도록 하라.

5_먼저 해야 할 것부터 손을 대고 나중에 해도 되는 것은 마지막에 하라.

6_당신이 모를 때에는 그것을 솔직히 인정하라.

7_진실이라고 생각하면 그것을 받아들이라.

8_질문을 받아 대답할 때는 당황하거나 덤벙대지 말라.

9_당신보다 현명한 사람이 있을 때에는 침묵을 지키라.

10_남의 이야기를 먼저 듣고 난 다음 말하라.

영국의 종교가인 존 헨리 뉴먼은 "사람의 마음속에는 두 개의 방이 있어 기쁨과 슬픔이 각각 살고 있다. 한 방에서 기쁨이 깼을 때, 다른 방에서는 슬픔이 잠자고 있다. 기쁜 일이 있을 때는 슬픔이 깨지 않도록 조용히 기뻐하는 슬기가 필요하다"라고 하였다.

불행할 때에는 행복을 기다릴 줄 알아야 하며, 행복할 때에는 불행을 대비할 줄 알아야 한다. 행복이 찾아왔을 때 이를 어떻게 잘 활용하고, 불행이 다가왔을 때 이를 어떻게 슬기롭게 극복하느냐가 인생의 성패를 좌우하게 되는 것이다. 행복과 불행에 대해 생각해보면서 "나는 얼마나 행복한 사람인가?" 반추해보자. 그리고 나는 불행이 닥쳐왔을 때 어떻게 대처해나갈 것인가를 염두에 두면서 슬기롭게 살아가자.

▶ 세상을 보는 지혜

행복한 자와 불행한 자를 식별하라. 그리하여 행복한 자를 곁에 두고, 불행한 자를 멀리하라. 불행은 대개 어리석음의 대가며, 그에 가담하는 사람에게 가장 거세게 전염되는 질병이다. 아무리 작은 재앙도 문을 열어주어서는 안 된다. 그 뒤에는 언제나 더 크고, 더 많은 재앙이 숨어 있기 때문이다.

－벨타사르 그라시안

성공 TIPS 행복의 기준은 주관적인 것이다. 행복은 모두 자신의 마음에서 비롯된다. 지금부터라도 긍정적인 사고로 생각하는 마음을 갖도록 하자. 행복을 바라기 전에 내가 먼저 행복을 맞이하려는 자세를 갖자. 행복을 맞이하려는 자세는 현명하게 일을 처리해나가는 데서부터 출발한다.

제 3 단계_ **실천의 다리**

내 안에 잠든 성공을 깨우자

훌륭한 결심에는 행동이 뒤따르지 않으면 안 된다. 행동이 뒤따르지 않는다면
모처럼의 좋은 결심도 전혀 의미가 없는 것이 되고 만다. ─클레멘트 스톤

나를 바꾸는 데는 단 하루도 걸리지 않는다

사람의 힘으로 달성할 수 없는 일이란 별로 없다. 노력은 적게 하고 많은 것을 얻으려고 하는 곳에 인생의 한숨이 있다. 사람을 강하게 만드는 것은 사람이 하는 일이 아니라, 하고자 노력하는 것이다. ―어니스트 헤밍웨이

미국의 의식 혁명가 앤서니 라빈스는 전 세계적으로 유명한 변화 심리학의 최고 권위자로서 1997년에는 국제상공회의소가 뽑은 '세계에서 가장 뛰어난 인물 10인'에 선정되기도 했던 전문 컨설턴트다. 그는 저서 「네 안에 잠든 거인을 깨워라」를 통해 개인을 변화시키고, 전문가들의 심리를 치유하며, 대기업과 팀의 조직을 혁신시키는 등 인간의 심리를 효과적으로 활용하여 놀라운 결과를 이끌어 오고 있는 의식 혁명의 대가다.

그는 사람이 변화해가는 과정은 그 사람의 마음가짐에 따라 잠깐 동안의 짧은 시간이 될 수도 있고 반대로 몇 십 년이 될 수도 있다고 했다. 실제로 앤서니 라빈스는 「네 안에 잠든 거인을 깨워라」를 출간하기 12년 전까지만 해도 현재 자신이 소유하고 있는 빌딩의 청소

부에 지나지 않았다. 그러나 그는 자신의 내면 깊이 잠들어 있는 무궁무진한 잠재력이라는 '거인'을 발견한 이후 순식간에 새로운 인간으로 재탄생했다. 그리하여 지금은 베스트셀러 작가이자 명강연가로 이름을 날리는 것은 물론 세계적인 비즈니스계의 거물급 인사가 되었다. 매사에 소극적이고 남 앞에 나서기 싫어했으며, 단지 청소부일 뿐이었던 그가 세계에서 영향력 있는 한 사람으로 부각될 수 있었던 원동력은 어디에 있었을까?

그는 누구보다도 독서를 많이 하면서 그곳에서 자신의 문제에 대한 해결점을 찾으려고 부단히 노력했다. 그리고 그 속에서 나름대로의 길을 찾았다. 앤서니 라빈스는 자신의 성공을 토대로 "결단의 순간에 의해 운명이 형성된다"라고 하면서 "더 좋은 결단을 내리는 방법은 결단을 많이 해보는 것이다"라고 말했다. 그는 자신의 성장 동력 엔진이 무한한 잠재력의 표출에 있음을 뼈저리게 느낀 것이며, 이를 승화시켜 성공의 꽃을 피운 것이다.

우리가 미래를 맞는 방식에는 두 가지가 있다. 그냥 걱정만 하면서 맞느냐, 아니면 기대를 가지고 맞느냐. 대부분의 사람은 고정관념을 끝끝내 버리지 못하고 현실에 안주하며 살아간다. 그러나 이젠 생각을 한번 바꾸어보자. 구태의연한 사고방식, 부정적인 생각, 할 수 없다는 자포자기의 마음, 할까 말까 망설이는 우유부단함 등 나를 옭아매었던 나쁜 굴레를 과감하게 벗어버려야 한다. 즉, 당신의 성장을 가로막고 있는 다음과 같은 나쁜 증상들을 제거

해야 한다.

▶ 성장을 가로막는 7가지 증상

1_소극적 비관증 - 행동에 활기가 없고 세상이 재미없다고 중얼거린다.

2_책임감 결핍증 - 자기 탓을 남의 탓으로 돌리거나 이유를 둘러댄다.

3_안하무인증 - 기본 예절이나 에티켓을 무시하고 자기 멋대로 살아간다.

4_자아도취증 - 남의 입장을 이해할 줄 모르고 자기만 옳다고 생각한다.

5_현실만족증 - 공부나 연습에 태만하고 자기 계발을 소홀히 한다.

6_대인공포증 - 대인관계가 서툴고 처음 만나는 사람을 경계한다.

7_인생불신증 - 무엇이든 믿지 못하고 부정적인 관점으로 일을 바라본다.

당신에게 만약 이러한 증상이 있다면 성공하기에 많은 어려움이 뒤따를 것이다. 그럼 어떻게 해야 성공에 걸림돌로 작용하는 이런 증상을 없앨 수 있을까? 나 자신을 어떻게 바꾸면 될까?

세계에서 가장 많은 인생 철학서를 집필한 성공학의 대가 오그 만디노는 스스로 좌우명으로 삼고 있는 글에서 "성공하고 싶다면 만나는 모든 사람을 그들이 이 지상에서 마지막 날을 보내고 있다는 생각으로 대하라. 그러면 날마다 새롭게 재탄생하는 자신을 볼 수 있을 것이다"라고 갈파했다.

세일즈맨 역사에 길이 남을 사람으로 꼽힐 만큼 많은 업적을 일구어낸 미국의 클레멘트 스톤은 "인간의 운명은 그 사람의 성격의 표현이다"라고 했다. 그러므로 위에서 언급한 나쁜 증상을 퇴치하기 위해 오늘 당장, 지금 이 순간부터 나 자신을 업그레이드해야 한다.

만약 당신이 미래에 대해 부푼 꿈을 갖고 있다면 현재 당신의 인생에 조금이라도 걸림돌이 되고 있는 고정관념과 장애물을 과감히 떨쳐버려야 한다. 그리고 하루빨리 마음속에 자리 잡고 있는 잠재능력을 표출하여 당신이 세워놓은 목표를 향해 강한 의지와 열정을 불태워야 한다. 자신의 의식을 남보다 더 빨리 혁명하는 자가 느리

게 하는 자를 지배한다는 사실은 동서고금의 진리다.

따라서 이를 실천하려면 먼저 스스로 '나는 잘 할 수 있다'는 자기암시가 이루어져야 한다. 스스로 좌우명을 만들어 하루에도 몇 번씩 암송하면서 마음을 곧추세워야 한다. 그리고 강하게 실천하려는 행동력이 수반되어야 한다. 그러나 이것은 말이 쉽지, 실제로 행하기는 그리 쉬운 것이 아니다. 미국의 작가 겸 전문 컨설턴트인 주얼 D. 테일러는 그에 대한 마인드 컨트롤 키워드를 제시했는데, 그 개념을 좀 더 이해하기 쉽도록 다음과 같이 정리해보았다. 새롭게 출발하려는 마음을 다잡은 지금 이 순간부터 여기 나열한 자기 변화를 위한 성공 키워드를 토대로, 나 자신을 한 단계 업그레이드하기 위한 좌우명을 만들고 이를 적극 실천하는 생활을 해보자.

▶ 업그레이드를 위한 컴플라이언스 실천 강령 A~Z

Action(행동) : 행동을 신중히 하라. 모든 행동에는 결과가 뒤따른다.

Believe(믿음) : 자기를 믿고 자신의 꿈을 믿으라. 자신감이 성공의 원천이다.

Create(창조) : 자신이 바라고 원하는 삶의 모습을 창조하라.

Discipline(절제) : 자신의 꿈을 위해 집중할 수 있도록 항상 절제하라.

Education(교육) : 항상 교육을 받으라. 교육은 기회의 폭을 넓혀준다.

Faith(신념) : 신념화 훈련을 하라. 믿음은 공포를 물리칠 수 있는 능력이다.

Grow(성장) : 두려움과 안전지대를 넘어서 성장하라.

Health(건강) : 건강할 때 건강을 지키라. 건강이 재산이다.

Inspire(영감) : 타인에게 영감을 주고 용기를 주라. 상생의 정신을 가지라.

Just(과감) : 일단 과감하게 시작하라. 내일로 미루는 습관을 버리라.

Keep(보존) : 자신에게 중요한 것을 지켜나가라.

Live(생동감) : 생동감 있게 하루를 살고 하루하루를 사랑하며 배우라.

Make time(신속) : 새롭게 태어나라. 늘 새로운 마음으로 하루를 맞이하라.

Network(네트워크) : 네트워크를 통해 자신의 영역을 넓히라. 지금은 정보화 시대다. 인맥 관리가 성공의 필수 조건이다.

Open(개방성) : 가슴과 마음을 열라. 감성 시대에는 가슴이 따뜻한 사람이 호감을 얻는다.

Pray(기도) : 인내와 지혜, 사랑, 배려, 도움 그리고 힘을 위해 기도하라.

Quality(재능) : 잠재 능력을 발휘하라. 재능이 있는 자가 발전할 수 있다.

Remember(기억) : '포기하지 말고 밝은 빛 속에 머물라'는 말을 기억하라.

Save and Spend(절약과 소비) : 지혜롭게 돈을 쓰고 아끼라. 올바로 쓸 때 쓰는 것이 진짜 부자다.

Time(시간) : 시간을 아끼라. 내일이 있다고 믿지 말라. 시간은 소중한 것이다.

Understand(이해) : 타인을 변화시킬 수 없고 통제할 수 없음을 이해하라.

Verbalize(표현) : 내가 무엇을 원하는지 자신과 다른 사람에게 표현하라.

Worry and Complaining(걱정과 불평) : 걱정과 불평은 삶의 기쁨을 앗아간다.

*Xccelerate(더하라) : 무엇을 하든 더 많이 노력하고 동기 부여를 하라.

You(당신) : 당신은 이 세상에 오직 한 사람이다. 당신은 축복받은 사람이다.

Zap(버리라) : 우울하고 부정적인 생각을 벗어던지라. 언제나 긍정적으로 생각하라.

Xccelerate : Accelerate(가속화시키다)

성공 TIPS 자신이 중요한 사람이라는 느낌이 들도록 스스로를 채찍질하자. 자신이 가장 잘할 수 있는 일, 즐겁게 할 수 있는 일을 찾고, 그 일에 최선을 다하겠다는 불타는 열망을 품은 다음, 즉시 행동에 들어가도록 하자. 내가 변하지 않고는 결코 성공을 이룰 수 없다. 모든 길은 나의 의지에 따라 다르게 펼쳐진다. 내 안에 잠들어 있는 성공을 깨워 내 능력을 십분 발휘하자. 나의 능력과 나의 잠재력은 무한하다고 외치며(자기 신념화 훈련) 일을 실행에 옮기자.

당신은 어찌하여 길을 찾지 않는가

편협한 고정관념을 가진 사람 치고 훌륭한 업적을 이루거나 성공한 사람은 없다.
— 「명심보감」 중에서

이탈리아 태생의 대탐험가인 크리스토퍼 콜럼버스는 1492년 아메리카 대륙을 발견한 것으로 많은 사람에게 놀라움과 희망을 안겨주었고, 인류 발전에도 크게 기여했다. 처음 그가 귀국했을 때 에스파냐 국민들은 그를 개선장군처럼 환영했다. 그러나 한편으로는 그의 폭발적인 인기를 질투하여 그를 좋아하지 않는 사람들도 적지 않았다.

콜럼버스를 질시하는 사람들은 연회석상에서 그것이 뭐 그리 대단한 일이냐고 대수롭지 않은 듯이 말했다. 배를 그냥 서쪽으로 몰고 가다가 우연히 미국 대륙에 부딪친 것뿐이라고 평하는 사람도 있었다. 그 말을 듣고 콜럼버스는 "그건 그렇습니다. 저도 별로 내세울 생각은 없습니다. 다만 가장 먼저 착안한 점만 자랑스럽게 생각할 뿐입니다"라고 말한 후 달걀 하나를 들고 "누구든 이 달걀을 책상 위에 세워보십시오"라고 말하였다.

그러나 그 달걀을 책상 위에 세울 수 있는 사람은 단 한 사람도 없었다. 그러자 콜럼버스는 달걀의 숨구멍이 있는 쪽의 끝을 책상 모서리에 부딪쳐 납작하게 한 다음 세워놓았다. 이것을 본 모든 사람이 그런 식으로 하면 누구든지 다 할 수 있다고 투덜거렸다. 그러자 콜럼버스는 이렇게 말하였다.

"물론 누구든지 할 수 있습니다. 그러나 당신들은 이 방법을 몰랐으며, 제가 착안한 것입니다. 신세계 발견도 이와 같은 이치인 것입니다."

우리 속담에 "가마 속의 콩도 삶아야 먹는다", "구슬이 서 말이라도 꿰어야 보배다"라는 말이 있듯이, 아무리 좋은 것이라도 쓸모 있게 다듬어놓지 않으면 값어치가 없다. 흙 속에 있는 진주를 누가 구별해서 그 빛을 발하게 하느냐가 중요한 것이다. 제아무리 고귀하고 훌륭한 생각을 가지고 있다 하더라도 실천하지 않는다면 이는 무용지물이다. 마찬가지로 아무리 많고 다양한 정보가 있다 하더라도 이를 적절하게 찾아내어 사용하지 못한다면 아무 소용이 없는 것이다. 오늘날의 경이롭고 찬란한 과학의 발달도 인류의 끝없는 실천과 도전의 결과물이다. 맨 처음 일을 시작할 때 말로는 "그까짓 것쯤이야 나도 할 수 있다"라고 장담하지만 막상 시작하려면 엄두가 나지 않는 경우가 많다. 그런 사람일수록 뒷전에서 남이 이룩한 업적을 과

소평가하거나 비아냥거리기 일쑤다.

20세기 최고의 천재 과학자인 알베르트 아인슈타인은 "우리가 현재 직면하고 있는 문제들은 현재의 사고방식으로는 해결할 수 없다. 사고의 유형 자체를 바꾸는 새로운 사고방식을 배우지 않으면 안 된다"라고 패러다임의 전환을 강조했다.

실제로 고정관념에 사로잡혀 지금까지 "그럴 것이다"라고 단순히 인정해온 것이 다른 각도에서는 전혀 다르게 보이는 경우가 종종 있다.

콜럼버스는 고정관념을 깨는 입체적인 사고를 했기에 사람들이 불가능하다고 여겼던 신대륙 발견이라는 커다란 업적을 남길 수 있었다. 대서양에 아직 개척하지 않은 '미답(未踏)의 섬'이 있을 것이라고 믿었고, 이처럼 상식을 깨는 도전 정신이 그에게 성공을 안겨 준 것이다.

우리는 남다른 지혜와 용기로 인류를 위한 공적을 남긴 사람들을 진심으로 존경하고 인정하여 받들고자 하는 마음을 가져야 한다. 그리고 벤치마킹을 하면서 자신을 갈고 닦아야 한다. 누구나 달걀을 세울 수 있다. 그러나 그 성공의 열쇠는 스스로의 인식과 열정에 달려 있다. 나 스스로 인생의 목표를 뚜렷이 하면서 아젠다(Agenda)를 설정하고, 이를 성취하기 위해 패러다임을 전환해야 한다.

▶ 어찌하여 등불을 찾지 않는가

아무리 비바람이 몰아친다 할지라도 반석은 흔들리지 않는 것처럼 어진 사람은 뜻이 굳세어 비방과 칭찬에도 움직이지 않는다.

깊은 못은 맑고 고요해 물결에 흐려지지 않는 것처럼 지혜로운 사람은 진리를 듣고 그 마음이 즐겁고 편안하다.

비록 사람이 백 년을 산다 해도 간교한 지식이 어지러이 날뛰면, 지혜를 갖추고 조용히 생각하며 하루를 사는 것만 같지 못하다.

악의 열매가 익기 전에는 악한 자도 복을 만난다.

그러나 그 열매가 익은 뒤에는 벌을 받는다.

선의 열매가 익기 전에는 선한 이도 화를 만난다.

그러나 그 열매가 익은 뒤에는 복을 받는다.

무엇을 웃고 무엇을 기뻐하랴.

세상은 쉼 없이 타고 있는데 그대들 어둠 속에 덮여 있구나.

그대는 어찌하여 등불을 찾지 않는가.

－「법구경」 중에서

성공 TIPS 남이 한 것을 보고 흉내 내기란 그리 어려운 것이 아니다. 남이 하지 않았고, 남이 발견하지 못한 것을 발견하고 창조해내는 것이 위대한 것이다. 고정관념을 깨뜨리는 창의력이 필요하다. 패러다임을 전환해야 한다. 잘못된 고정관념의 틀을 과감히 벗어던지자. 레인메이커(Rainmaker : 조직에 꼭 필요한 존재)가 되기 위해서는 고정관념을 바꾸어 남보다 앞선 창의적인 사고로 경쟁력을 길러나가야 한다.

매 순간 최선을 다하는 사람만이
성공의 문을 열 수 있다

속인은 시간을 소비할 방법만을 생각한다. 지혜 있는 자는 이것을 이용할 것을 생각한다. -쇼펜하우어

옛날 유럽에 한 젊은 왕이 살고 있었다. 그는 매사에 호기심이 많았다. 그는 인생을 살아가면서 가장 중요한 때가 언제인지, 그리고 가장 중요한 사람이 누구인지, 또 어떤 것이 가장 중요한 일인지를 알고 싶어했다. 어느 날 왕은 이에 대한 궁금증을 참지 못해 나라에서 지혜가 많다고 소문난 늙은 도사를 찾아가 이를 물어보기로 했다. 그 도사는 깊은 숲 속에서 자신의 거처를 한 번도 떠나지 않고 자기가 농사 지은 만큼만 먹고사는 청빈가였다. 왕은 늙은 도사의 암자로부터 멀리 떨어진 곳에서 말을 내렸다. 그리고 신하들을 돌려보내고 혼자 걸어갔다. 마침 도사는 텃밭에서 일을 하고 있었다. 왕은 그에게 다가가 물었다.

"도사님, 우리가 결코 후회하지 않게 꼭 지켜야 할 시간은 언제입

니까? 그리고 어떤 사람을 멀리해야 하고, 어떤 사람을 가까이해야 하며, 어떤 일을 중요시해야 합니까?"

그러나 도사는 묵묵부답이었다. 그저 땅 파는 일을 계속할 뿐이었다. 왕은 늙고 깡마른 도사가 일을 하는 것이 왠지 안쓰럽고 마음에 걸렸다.

왕은 보다 못해 옷소매를 걷어붙이고 "도사님은 너무 지쳤습니다. 삽을 이리 주십시오. 젊은 제가 대신 하겠습니다"라고 하면서 신발을 벗었다. 왕이 도사 대신 삽을 들고 땅을 파는 동안 해가 졌다. 그런데 일을 막 마치려 할 때였다. 뒷산으로부터 허리에 칼을 찬 한 청년이 헐레벌떡 달려 내려와서는 왕과 도사 앞에서 쓰러지는 것이었다. 그 사람은 맹수한테 습격을 당해 피를 많이 흘려서 매우 위급한 상황이었다. 왕과 도사는 황급히 부상자를 암자로 옮겨 정성껏 치료해주었다.

이튿날 아침이 되었다. 몸이 회복된 청년이 왕 앞에 무릎을 꿇고 말했다.

"저는 임금님의 정치에 원한을 품고 임금님을 해하고자 뒤를 밟던 자객이었습니다. 그런데 이렇게 극진한 간호를 받고 보니 저의 원한이 다 사라져버렸습니다."

왕은 기쁜 마음으로 도사를 찾았다. 도사는 어제 파헤친 텃밭에다가 씨앗을 뿌리고 있었다.

왕은 사정하다시피 말했다.

"도사님, 나는 어제 도사님 덕분에 나를 해치려 한 사람을 친구로 만들었습니다. 이제 간절히 바라는 것은 내가 말한 어제의 질문에 도사님께서 답을 해주시는 것입니다."

왕이 하도 간청하는지라 도사는 그를 바라보며 다음과 같이 말했다.

"임금님께서는 이미 그에 대한 해답을 얻으셨습니다. 만일 어제 이 늙은이를 외면하여 이 채마밭을 갈아주지 않고 돌아갔더라면 임금님께서는 자객의 칼을 받아 위험에 처했을 것이니 그때가 중요한 때이지요. 그리고 맹수에 물린 사람을 도와 원수 됨을 풀었으니 그 사람보다 중요한 사람이 어디 있으며, 또한 그 일보다 중요한 일이 어디 있겠습니까?"

도사는 씨앗 뿌리는 손을 쉬지 않으면서도 진지한 얼굴로 가끔 왕을 바라보며 계속해서 말했다.

"전하! 이 말을 잘 기억하십시오. 그리고 그렇게 행하십시오. 이 세상에서 가장 중요한 때란 한순간, 순간뿐입니다. 우리는 오직 그 순간만을 지배할 수 있기 때문입니다. 또 결코 없어서는 안 될 사람이란 그 순간에 만나는 사람이며, 가장 중요한 일이란 그 순간에 만나는 그 사람을 도와주는 것입니다."

왕은 도사의 말을 듣고 많은 깨달음을 얻었다. 그리하여 그 후 이를 실천하고, 선행을 베풂으로써 태평성대를 이룩하여 백성들의 존경을 한 몸에 받게 되었다.

인도 고전인 「화신고사기(火神古事記)」에는 "인간에게 있어 현세에서 가장 소중한 것은 현재 하고 있는 것이다"라고 쓰여 있다. 「전쟁과 평화」, 「부활」 등 주옥 같은 명저를 남겨 세계 문학과 사상계에 많은 공헌을 한 러시아의 소설가며 사상가인 톨스토이는 늘 다음과 같은 화두를 던지며 실천에 옮기려고 노력했다고 한다.

"사람 안에 있는 것이 무엇인가? 사람 속에 있는 것은 사랑이다.

사람에게 주어지지 않은 것은 무엇인가? 자기 자신에게 있어야 할 것이 무엇인지를 아는 방법이 주어지지 않았다.

사람은 무엇으로 사는가? 오로지 사랑의 힘으로 살고 있다.

나의 인생에 있어서 가장 중요한 사람은 누구인가? 지금 내 앞에 있는 사람이다.

이 세상에서 가장 중요한 일은 무엇인가? 지금 내가 하고 있는 일을 통해 사람들에게 선을 행하는 일이다.

이 세상에서 가장 중요한 시간은 언제인가? 바로 지금 이 순간이다."

인간은 날마다 그때그때 만나는 모든 사람에게 사랑과 선을 다하기 위해 이 세상에 태어난 것이다.

톨스토이는 그의 저서를 통해 늘 이러한 물음에 대한 답을 가슴에 달고 실천하는 삶을 살았으며 이는 그의 사상의 기초가 되었다.

스위스의 철학자요, 문학가인 헨리 프레데리크 아미엘은 "오늘 하루를 헛되이 보냈다면 그것은 커다란 손실이다. 하루를 유익하게 보낸 사람은 하루의 보물을 파낸 것이다. 하루를 헛되이 보냄은 내 몸을 헛되이 소모하고 있다는 것임을 기억해야 한다"라고 했다.

시간 관리는 즉 인생 관리를 의미한다. 지금 이 순간은 지나면 다시는 되돌아오지 않는다. 우리는 종종 자신 앞에 놓여진 것들의 소중함을 잊고 지내는 일이 많은데 그 많은 것 중 하나가 바로 시간이다.

때때로 많은 것을 잃고 난 후에야 비로소 시간의 소중함을 깨닫곤 하지만 그땐 이미 늦게 된다. 따라서 늘 어떻게 하면 다가오는 시간을 효율적으로 보내면서 아름다운 생을 살아갈 수 있을 것인가에 대해 생각해봐야 한다. 순간순간에 최선을 다하는 사람만이 성공의 문을 열 수 있다.

무엇을 실천하기로 마음먹었다면 지금 당장 이 자리에서 그것을 실행에 옮겨야 한다. 일단 어떠한 일을 하기로 마음먹었다면, 그래서 계획을 철두철미하게 세우고 실행에 옮기기 시작했다면 수시로 그 진척 상황을 체크하면서 일이 올바른 방향으로 나아갈 수 있도록 스스로를 채찍질해야 한다. 우리 속담에 "한번 칼을 뽑았으면 무라도 자르라"라는 말이 있듯이 일단 계획을 세웠으면 어떠한 일이 발생하더라도 끈기 있게 완수하려는 집념을 보여야 한다. 작심삼일로 끝나게 해서는 결코 성공인이 될 수 없다. 마감이 다가오기 전에 항상 중도에 일의 진척 상황을 확인하는 습관을 가져야 한다.

세월은 눈 깜짝할 사이에 흘러간다. 우리의 일생은 자신도 모르는 사이에 종착역을 향해 쉼 없이 흘러가는 것이다. 그런데 오늘날 우리는 황금 같은 시간을 길거리에 버리고 있다. 오늘 나에게 주어진 이 귀한 시간을 최후의 날로 알고, 매시간 최선을 다하자.

오늘이 당신이 인생을 새롭게 시작하는 첫날이라고 생각하라. 당신이 진정한 프로로 거듭나는 날이라고 생각하라. 지금까지 당신의 사업이 성공을 거두지 못했다 하더라도 오늘이 성공의 발걸음을 내딛기에 더없이 좋은 날이라 생각하면서 하루를 멋지게 보내도록 하라.

▶ 인생 성공의 길

인생을 이미 두 번째 살고 있는 것처럼 살아가라. 그리고 취하려는 행동을 첫 번째에 그릇되게 행동했던 것처럼 하라.

나무에 가위질을 하는 것은 나무를 진정 사랑하기 때문이다.

부모에게 야단을 맞지 않고 자란 어린이는 똑똑한 사람이 될 수 없다.

추위가 심할수록 오는 봄의 나뭇잎은 한층 푸르다.

해마다 하나씩 치명적인 버릇을 뿌리째 뽑아버린다면 곧 가장 나쁜 사람도 좋은 사람이 될 것이다.

사람은 누구나 성공하고 싶어한다. 성공의 길을 걸어가기 위해서는 제 힘을 알고 결코 무리하지 않으며 묵묵히 한 길을 걸어가야 한다. 평범하지만 이것이 곧, 성공이 나오는 요술 주머니다.

―벤저민 프랭클린

성공 TIPS 나에게 있어서 가장 중요한 사람은 지금 만나는 사람, 가장 중요한 일은 지금 하고 있는 일, 그리고 가장 중요한 순간은 바로 지금 이 순간임을 잊지 말자. 지금 이 순간은 영영 되돌아오지 않는다. 자연과 시간과 인내라는 이 세 가지는 조물주가 우리 인간에게 준 가장 위대한 선물이다.

분별력 있게 시간을 써야 한다. 오늘 당신의 시간은 인생에서 정말 중요한 일들로 채워져야 한다. 시간을 낭비하지 말고 매 순간 최선을 다해야 참된 인생을 살 수 있다. 오늘은 나에게 주어진 최대의 선물임을 잊지 말자.

나쁜 습관의 벽을 넘어 좋은 습관의 노예가 되라

우유부단한 것이 습관으로 되어 있는 사람보다 더 비참한 사람은 없다. 우리에게 게으름처럼 해롭고 치명적인 습관은 없다. 그럼에도 불구하고 이 게으름처럼 몸에 붙기는 쉬우나 끊기 어려운 습관도 없다. ─윌리엄 제임스

네 명의 자녀를 둔 어머니가 현인을 찾아가 물었다.

"어떻게 하면 자녀들을 잘 키울 수 있습니까?"

현인은 어머니를 정원으로 데려갔다. 그는 정원에 있는 네 그루의 나무를 한번 뽑아보라고 말했다. 어머니는 갓 심어놓은 첫 번째 나무를 아주 쉽게 뽑았다. 두 번째 나무는 심은 지 얼마 되지 않은 것이었기 때문에 약간 힘을 들여야 가능했다. 세 번째는 심은 지 꽤 지난 나무였다. 어머니는 땀을 뻘뻘 흘리며 겨우 그것을 뽑았다. 그러나 네 번째 나무는 이미 견고하게 뿌리를 내리고 있었다. 어머니가 팔을 걷어붙이고 온 힘을 쏟았으나 나무는 꼼짝달싹도 하지 않았다. 어머니는 역부족임을 알고 두 손을 들고 말았다. 그 모습을 지켜보던 현인이 어머니에게 다가와 말했다.

"자녀 교육도 이 나무와 같습니다. 오랜 습관은 깊은 뿌리를 내려서 그것을 바꾸기가 어렵지요. 어린 자녀에게 좋은 습관을 갖게 하십시오. 그래야만 훌륭한 기둥이 될 수 있습니다."

근대 독일 철학의 시조라 일컬어지고 있는 칸트는 누구보다도 철저하게 규칙적인 생활을 하는 사람이었다. 칸트는 같은 시간에 같은 거리를 같은 속도로 산책할 뿐만 아니라 일정한 양의 음료수를 마시는 것까지 하나의 규칙으로 삼았다. 그래서 칸트의 삶은 세인들에게 늘 귀감이 되어왔다.

이러한 칸트가 만년에는 몸이 몹시 아파서 병상에 눕게 되었다. 간호사는 머지않아 세상을 뜰 것 같은 칸트를 위해서 온갖 정성을 다 쏟았다.

"간호사, 나 좀 봐요."

칸트는 힘없는 목소리로 간호사를 불렀다. 간호사는 재빨리 칸트의 곁으로 달려와서는 칸트의 입 가까이에 귀를 갖다댔다.

"간호사, 나 물 눈곱만큼만 좀 줘요."

"예."

간호사는 칸트가 요청한 눈곱만큼의 물을 컵에다 따라주었다.

"선생님, 물 드세요."

"응, 고마워요."

칸트는 떨리는 손으로 컵을 받아쥐고는 천천히 물을 마셨다. 시원해하는 칸트를 본 간호사가 물을 더 주려고 하자 칸트는 손을 내 저었다. 그는 얼마 남지 않은 삶이라도 자신의 규칙적인 생활을 철 저히 지키려 했던 것이다.

인간은 여러 가지 습관의 덩어리라고 할 수 있다. 어떤 습관을 들 이느냐에 따라서 그 사람의 인격이나 삶의 가치가 달라지게 된다. 대수롭지 않게 생각하고 반복하던 것이 어느새 자신의 삶에 고정되 는 경우도 많다. 오래전 어느 날 프랑스 파리의 근교에 있는 바스티 유 감옥에서 한 늙은 죄수가 석방되었다. 그런데 그는 다시 음침한 지하 감옥으로 돌아가기를 원했다. 지하 감옥에서 몸에 배인 습관이 너무나 뿌리가 깊어, 새로운 환경에 적응할 수가 없었기 때문이다.

메러디즈가 "인간은 사십 세가 지나면 자신의 습관과 결혼해버린 다"라고 말한 것처럼 습관은 무서운 것이다. 천성은 환경과 교육에 의해 변할 수 있으나, 길들여진 의식과 습관은 환경과 교육에 의해 서도 고쳐지기 어렵다. 습관을 바꾸기가 쉽지 않은 까닭은 현재 자 신의 몸에 배어 있는 고정된 사고가 방해를 하고 있기 때문이다. 우 리가 행동하는 것은 의식적인 것보다는 무의식의 사고에 의해 이루 어지는 것이 더 많다. 그래서 습관을 끊고 싶어도 자신의 일부처럼 몸에 깊이 배어 끊을 수 없는 것이다. 습관은 중독과 같아 의식하지 못하는 사이에 길들여져 행동으로 옮기게 된다.

생물진화론의 정립에 지대한 공헌을 한 영국의 생물학자 찰스 다원은 습관의 힘이 얼마나 강력한지는 누구나 잘 알고 있다고 했다. 그는 저서 「종의 기원」에서 "번식하라. 변화하라. 강자는 살고 약자는 죽게 하라"라고 설파하면서 생물이 각기 다른 환경에서 진화를 거듭하는 것도 여러 가지 습관이 큰 원인으로 작용한다고 했다.

영국의 사회 개혁가요, 전기 작가인 새뮤얼 스마일스는 "우리 자신의 나쁜 습관을 조금이나마 바꾸는 것보다 교회와 국가의 제도를 개혁하는 것이 훨씬 더 쉽다고 느껴질 때가 있다"라고 하면서 "생각을 바꾸면 행동이 바뀌고, 행동이 바뀌면 습관이 바뀌고, 습관이 바뀌면 성품이 바뀌고, 성품이 바뀌면 운명이 바뀐다"라는 명언을 남겼다. 이는 맨 처음 습관의 묘목을 어떻게 심어 가꾸느냐에 따라서 인생의 방향이 결정된다는 것을 뜻하는 말이다.

이처럼 습관은 운명을 결정지을 만큼 중요한 것이다. 습관은 바꾸는 데에 많은 시간과 노력이 필요하지만 그만큼 습관은 삶에 중요한 영향을 끼친다. 그래서 될 수 있는 한 젊었을 때 좋은 습관을 들여야 한다.

17세기 영국을 대표하는 위대한 시인이자 극작가로서 "용기 있는 자만이 미인을 얻는다"라는 명언을 남긴 존 드라이든은 "습관을 만드는 것은 우리 자신이다. 그 다음에는 습관이 우리를 지배한다"라고 하였다.

오그 만디노는 그의 저서 「이 세상에서 가장 위대한 세일즈맨의 비밀」에서 "진실로 실패한 사람과 성공한 사람의 차이는 단지 그들

의 습관에 있다. 좋은 습관은 모든 성공의 열쇠가 된다. 나쁜 습관은
실패로 가는 문이다. 그러므로 무엇보다 우리가 지켜나가야 할 제1
의 법칙은 좋은 습관을 만들어 스스로 좋은 습관의 노예가 되는 것
이다"라고 갈파했다. 성공한 모든 사람의 공통분모는 좋은 습관으
로 일상생활을 하고 있다는 것이다. 좋은 습관이 성공으로 가는 첫
걸음이다.

미국 남가주대학 심리학과 교수인 골드 박사는 그의 회고록에서
성공하는 사람들은 5가지 습관을 가지고 있다고 설파했는데 그 내

용이 지극히 평범해서 누구나 쉽게 따라할 수 있다.

첫째, 걸음걸이가 빠르다. 걸음걸이가 빠른 것은 성취욕과 부지
런함을 보여준다.

둘째, 앞자리에 앉거나 앞쪽에 선다. 앞자리에 앉는 것은 적극적
이고 진취적인 인상을 주고, 뒷자리에 앉는 것은 소극적이고 방관적
인 인상을 준다.

셋째, 시선을 집중한다. 강의 시간이나 대화 중에 상대방의 눈을
바라보고 시선을 집중하는 사람은 자기 분야에 집중력이 강하고, 학
업 성적이 월등하게 앞설 가능성이 있다.

넷째, 항상 웃음 띤 얼굴이다. 웃음은 좋은 인간관계를 맺게 해준다.

다섯째, 모든 일을 긍정적으로 생각하고 표현한다. 힘든 일을 겪
을 때 낙심하거나 누구를 원망하는 사람은 발전이 없다.

당신이 가진 좋은 습관은 무엇인가? 또, 당신이 버리고 싶은 나쁜
습관은 무엇인가? 잠시 머릿속에서 답을 찾아보자. 그리고 종이 위
에 머릿속에 떠오르는 대로 천천히 정리해보자.

사람은 누구나 한두 가지 나쁜 습관을 가지고 있다. 그것은 벗어버
리고 싶어도 몸에서 떨어지지 않는 티눈처럼 쉽게 빠지지 않는다.

나쁜 습관은 게으름의 상징이다. 따라서 이 게으름은 대단히 몸에
잘 붙고, 한번 붙으면 떼기도 힘들다. 사람은 서기보다는 앉는 것이

편하고, 앉기보다는 눕는 것이 편한 법이다. 한번 나태와 안일에 빠지기 시작하면 걷잡을 수 없이 더 큰 게으름이 파고들게 된다. 게으른 사람은 어떤 일이 주어지면 괜히 허둥대고 바쁘다. 그리고 쉽게 피곤을 느낀다. 부지런한 사람일수록 여유가 있고 피로를 모른다. 나쁜 습관은 어떤 불안이나 긴장을 해소하려는 무의식적인 의도로 지속되므로, 생활의 능률을 떨어뜨리고 다른 사람에게 피해를 주며 자신의 신체적, 심리적 건강까지도 해친다.

성공 전도사로서 전 세계적으로 유명한 미국의 스티븐 코비 박사는 지난 200년 동안 성공한 사람들의 사상과 지혜를 종합적이고도 체계적으로 연구한 결과 성공한 사람들은 공통적인 삶의 패턴이 있다는 것을 알게 되었다. 그리하여 이를 7가지로 요약 · 정리하여 책(성공하는 사람들의 7가지 습관)으로 출간했는데 그는 이 책에서 좋은 습관을 가지려면 다음과 같이 행동할 것을 제안하고 있다.

첫째, 모든 것을 스스로 판단하고 결정하는 주도적인 사람이 되어야 한다.

둘째, 비전과 가치관을 바로 세워서 목표를 확립하고 행동해야 한다.

셋째, 일의 경중을 가려서 소중한 것부터 먼저 처리해야 한다.

넷째, 상대방과 내가 함께 승리할 수 있는 상호 이익을 추구해야 한다.

다섯째, 대화시에는 우선 경청한 다음에 상대방을 이해시켜야 한다.

여섯째, 자신이 가지고 있는 모든 인적, 물적, 영적 자원들을 생산적으로 잘 활용하여 시너지를 창출해야 한다.

일곱째, 심신을 잘 단련하여 미래에 효율적으로 대처해야 한다.

그럼 좋은 습관은 어떻게 기르면 될까? 어떤 습관이 좋은 습관일까?

평소 성공인들이 말하고 실천했던 습관의 편린과 필자가 성공인들의 공통점을 토대로 정선한 좋은 습관 길들이는 방법을 20가지로 축약하여 살펴보면 다음과 같다.

▶ 좋은 습관 길들이는 20가지 TIPS

1_좋은 것은 자신의 습관으로 만들어 무의식적으로 행한다.

2_사소한 일일지라도 남의 일에 칭찬과 격려를 해주려고 애쓴다.

3_남이 모르는 것은 친절하게 가르쳐주는 마음을 갖는다.

4_남과 상생의 입장에 서서 더불어 살아가려는 자세를 견지한다.

5_매사에 감사함을 잊지 않는다.

6_욕심을 버리고 남에게 덕을 쌓는 마음을 갖는다.

7_한 가지 이상의 취미를 살려 즐거운 생활을 한다.

8_감각이나 의식이 흐려지지 않도록 늘 마음을 쓴다.

9_흉금을 털어놓고 말할 수 있는 좋은 친구를 사귄다.

10_무슨 일이든 자신이 하고자 노력하고 단념하지 않는다.

11_인생 계획을 늘 설계해두면서 이것을 실천할 것을 다짐한다.

12_목표를 정하고 달성하기 위해 끊임없이 행동한다.

13_몸가짐이 흐트러지지 않도록 행동한다.

14_항상 긍정적이고 적극적인 생각을 갖도록 노력한다.

15_어두운 면보다는 밝은 면, 좋은 면을 바라보는 습관을 갖는다.

16_계획한 일은 미루지 않고 즉시 실행에 옮긴다.

17_다른 사람과의 약속은 반드시 지킨다.

18_어떠한 일이 있더라도 규칙적인 생활을 한다.

19_다른 사람과 말할 때는 눈높이를 맞춰서, 그리고 우선 경청하는 자세를 갖는다.

20_십일조를 낸다고 생각하면서 자기 수입의 일정 부분은 자기 계발을 위해 반드시 투자한다.

위에 제시한 20가지의 좋은 습관을 길들이는 방법을 오늘부터 당신의 습관을 보다 좋게 갖게 하기 위한 아젠다로 삼고 실천해보라. 그러면 분명히 좋은 습관의 싹이 서서히 움트는 것을 느낄 것이다.

그래도 많은 사람이 '별 차이 있을까?' 하는 안일한 생각으로 좋지 않은 습관을 수십 년 동안 버리지 못하고 살아간다. 아니 평생 동안 못 고치고 살아가는 경우도 비일비재하다.

어떤 사람이 당뇨병에 걸렸다. 그런데 이 사람의 당뇨 증세는 젊었을 때부터 즐긴 술로 인해 빚어진 것이었다. 워낙 술고래인 관계로 하루가 멀다 하고 음주를 했고, 또 한번 술을 마셨다 하면 인사불성이 될 정도로 마셨다. 어느 날은 하루 일과가 끝나기 무섭게 친구들과 대작을 하기도 했다. 음주만 안 하면 당뇨병은 완치될 수 있는 상태였다. 그러나 그는 술을 끊어야만 건강을 되찾을 수 있다는 주치의의 경고에 술을 끊겠다고 작심하고는 삼 일도 못 가서 또 고주망태가 되도록 마시는 것이었다.

그러한 결과 증세는 날이 갈수록 눈에 띄게 드러났다. 백내장에다가 고혈압, 간 질환까지 겹쳐 좋은 세상을 제대로 살지도 못하고 50세도 안 된 나이에 눈을 감고 말았다.

만약 이 사람이 음주 습관을 고쳤더라면 당연히 합병증은 생기지 않았을 것이고 오래도록 건강을 유지하면서 살아갔을 것이다. 또한 가족들 모두 행복하게 살아갈 수 있었을 것이다.

이렇게 작은 습관이 큰 변화를 불러오는 법이다. 터키의 속담 중에 이런 말이 있다.

"나쁜 사람은 한 명의 악마에게 시달리지만 게으른 사람은 백 명의 악마에게 시달린다."

게으른 자는 이런저런 잡념으로 가득 차 있으니 일도 손에 제대로 잡히지 않고 괜히 마음만 쫓겨다니게 된다. 열심히 노력하는 습관이 있으면 자연히 게으름은 물러갈 것이고 충실히 후회 없는 인생을 살 수 있을 것이다. 한시라도 빨리 나쁜 습관에서 벗어나는 사람이 그만큼 빨리 성공할 수 있다는 것을 명심해야 한다.

당신이 인생에서 가치 있는 그 무엇을 성취하기를 원한다면 자신의 습관을 면밀히 관찰해보라. 그리고 그것의 밝은 면과 어두운 면을 동시에 살펴보라. 만일 당신 스스로 반드시 고쳐야 하는 것이라고 생각한다면 지금 즉시 결단하고 행동해야 한다. 그리고 정복해야 한다. 습관은 한 번 하면 두 번째 하기는 너무 쉬운 것이다.

사람이 스스로 습관을 만들지만 습관은 사람의 미래를 결정하는 것임을 명심하면서 오늘부터 자신에게 있는 나쁜 습관을 과감히 버리고 좋은 습관의 씨앗이 움트도록 패러다임을 전환해나가자. 습관을 만드는 것은 나 자신임을 잊지 말자. 나의 행동거지와 습관은 어떠한지 한번 되돌아보고 고칠 점이 있으면 망설이지 말고 즉시 고치자.

좋은 습관을 지니려면 습관을 바꾸기 위한 모멘텀(Momentum)이 형성되어야 하고 자신을 잘 컨트롤할 줄 알아야 한다. 좋은 습관이 대어를 낚는다는 것을 명심하고, 오늘부터 좀 더 좋은 습관이 몸에 배도록 노력해보자.

▶ 아집

사람은 제각기 자신만이 가지고 있는 기질이 있고, 살아가는 방법이 있다. 한마디로 사람마다 나름대로의 습관과 개성이 있다. 그러나 우리는 대개 자신의 습관을 너무 고집하고 우기는 경향이 있다.

사람의 생활이라는 것은 자신 혼자만이 아닌 여러 사람과 어울려 사는 것이기 때문에 여러 가지 상황이 뒤엉켜 있는 경우가 많다. 그러므로 꼭 한 가지 방법만으로 살아가는 것은 자연스러운 일이 아니다.

누구나 자신만의 방법으로 자신의 생활을 하는 것은 자유지만, 단 한 가지 방법에 매여 있는 것은 도리어 자기 자신을 노예화하는 결과가 된다. 절대적으로 가장 좋은 방법이라는 것은 없는 법이니, 때와 경우에 따라서 방법을 달리할 수도 있어야 한다. 그러나 사람들은 자신의 방법에 애착이 심하여 그 테두리에서 쉽게 벗어나지 못하는 단점이 있다.

　-몽테뉴

성공 TIPS 습관은 궁극적으로 성공의 수준을 결정한다. 좋은 습관은 좋은 결과를 낳고, 나쁜 습관은 나쁜 결과를 낳는다. 무슨 일이든 '정성껏 하는' 습관을 몸에 붙이지 않는 사람은 스스로를 천박한 인간으로 만드는 사람이다. 습관은 거미줄보다 약하게 붙으나, 형성되면 철사줄같이 튼튼해진다. 습관이 바뀌면 운명이 바뀐다. 나의 행동거지와 습관은 어떠한지 반추하면서 잘못된 점은 즉시 고쳐나가자. 습관이 나의 미래를 결정짓는다.

플라세보 효과와 노세보 효과

당신이 바라는 것이 무슨 일이든지 간에 그것이 이미 마음속에서 완성되어 있는 것처럼 생각하고 그리도록 하라. 어떤 것을 가지고 있다, 어떤 상태가 되어 있다, 어떤 일을 하고 있다는 상태를 마치 그것이 완성된 사실인 것처럼 생각해보는 것이다. 당신이 가고 싶다고 생각하는 곳에 가기 위해서 필요하다고 생각되는 하나하나의 여정을 느끼도록 노력하라. ─해럴드 셔먼

의학자들이 위장병 환자들을 대상으로 실험을 했다. 한 집단의 환자들에게는 새로 개발한 '특효 약'을 투약하고 다른 집단의 환자들에게는 기존의 '보통 약'을 투약했다. 그러고는 일정한 기간이 지난 뒤 환자들의 위장 상태를 검사했다. 물론 새로 개발한 특효 약을 투약한 집단의 위장 상태가 눈에 띄게 좋았다. 약의 효과가 입증된 것이다. 그런데 놀랍게도 그 새로 개발한 특효 약이란 것이 실제로는 영양제였으며, 기존의 보통 약이란 것도 동일한 영양제였다. 그런데도 불구하고 한 집단이 더 나은 효과를 낸 것은 약 그 자체 때문이 아니라 환자의 선입견에 따른 심리 상태, 즉 나아질 거란 기대감 때문이었던 것이다.

이것을 의학계에서는 가짜 약이란 뜻의 단어를 써서 '플라세보

효과(Placebo effect)'라고 한다. '플라세보'란 어떤 약 속에 특정한 유효 성분이 들어 있는 것처럼 위장하여 환자에게 투여하는 약을 말한다. 즉 '플라세보 효과'라는 것은 화학적 성분으로는 아무런 효과도 없는 가짜 약을 복용함으로써 증상이 호전되는 심리 현상을 말하는 것이다.

플라세보라는 말은 "마음에 들도록 하다"라는 의미의 라틴어에서 유래되었는데 이 플라세보 효과와 유사한 개념으로는 바이오 피드백(Bio-feedback)이 있다. 또한 심리학에서는 피그말리온 효과(Pygmalion effect), 행동과학 분야에서는 호손 효과(Hawthone effect)가 있다.

실제로 밤에 잠을 이루지 못하는 환자에게 소화제를 수면제로 위장하여 주면 그 약을 먹은 환자는 이내 편안하게 잠든다고 한다. 또한 열이 나는 환자에게 증류수를 해열제로 위장하여 의사가 직접 주사하면 많은 경우 실제로 열이 내린다고 한다. 어느 실험 결과에 의하면 환자 중 약 35% 정도가 이러한 반응 효과를 나타냈다고 한다.

어떻게 이러한 효과가 나는 것인지 1978년 캘리포니아 연구팀이 이 수수께끼를 푸는 열쇠를 쥐게 되었다.

캘리포니아 연구팀은 사랑니를 뺀 직후의 사람들을 대상으로 진통제와 플라세보(가짜 약)를 잇달아 주어 그 효과를 살펴보았다. 그랬더니 플라세보를 복용한 사람의 3분의 1은 통증이 훨씬 가셨다고 보고했다. 이 연구는 플라세보를 진통제라고 믿음으로써 뇌 안의 엔도르핀의 진통 작용이 일어났음을 명백히 보여주었다. 진통제라고 굳게 믿음은 '마음의 안심 작용'이며, 플라세보는 마음의 안심 작용이 뇌의 물질에 영향을 미친다는 점을 분명히 밝혔다. 이것은 종래의 견해를 뒤집는 것이었다. 그때까지 마음은 뇌물질의 물리 화학적인 변화에 따라 발생되어지는 수동적인 존재에 불과하다고 여겨져 왔던 것이다.

현대 의학의 대가인 영국의 내과 의사 윌리엄 오슬러는 "폐결핵을 치료할 때 가슴에 든 병을 치료하는 것보다 마음에 든 병을 낫게 하는 것이 더 중요하다"라고 하였는데 이는 환자의 마음 상태가 질병 치료에 얼마나 큰 영향을 미치는지를 말해준다.

환자의 마음을 편안하고 즐겁게 해주는 것만으로도 기대 이상의 치료 효과를 얻을 수 있다. 의약품이 새로 개발되었을 때에는 소위 '이중 맹검법'이라는 실험을 거친다고 한다. 같은 증상의 환자들을 두 개의 집단으로 나누어 A실험군에는 진짜 약을 투여하고, B실험군에는 진짜 약처럼 생긴 가짜 약을 투여하여 그 결과를 평가하는 방법이다. 그런데 이 경우에도 놀랍게도 가짜 약을 먹은 B실험군의 약 35%에 달하는 대상자가 실제로 약효를 나타낸다고 한다. 약을 먹었으니 나을 것이라고 생각하는 믿음과 자기암시가 실제로 병을 낫게 하는 것이다. 그러나 정말로 효과가 좋은 약을 사용하더라도, 그 약을 환자가 불신하고 있으면 약 60~70% 정도의 효과밖에는 내지 못한다고 한다. 믿고 안 믿고의 차이에 따라서 효과에 많은 차이가 나타나는 것이다. 새삼 마음속에 내재해 있는 힘에 대해 다시 한 번 생각해보지 않을 수 없다.

이와 유사하게 실제 임상에 있어서 의사의 자신감 있는 치료 행위나 긍정적인 격려는 환자의 기분을 북돋워주고 치료 효과를 높여주게 된다. 즉, 환자 자신의 신념뿐만 아니라 치료를 담당하는 의사의 신념도 치료에 큰 영향력을 나타내는 것이다. 마음의 동화 작용이 일어나기 때문이다.

이와 반대되는 개념으로 '노세보 효과(Nocebo effect)'라는 것도 있다. 노세보란 "해롭게 하다"라는 뜻을 가진 라틴어다. 미국의 어느 한 병원에서 혈액응고 방지 목적으로 아스피린을 장기 처방받은 환자들을 두 그룹으로 나누어 한 그룹에게는 위장관 부작용이 있다고 경고해주었고 다른 한 그룹에게는 전혀 주의 사항을 전하지 않았다. 그리고 두 그룹의 위를 내시경으로 검사한 결과, 주의 사항을 듣지 않은 그룹에는 아무런 문제가 없었으나 부작용 주의를 들은 그룹은 듣지 않은 그룹보다 3배 이상 통증과 부작용을 호소했다. 다른 조사 결과에서도 피실험자에게 아무런 효능도 없는 물질을 주고 나서 이것이 두통을 일으키는 약이라고 설명하니 피실험자의 3분의 2 정도가 실제로 두통을 호소했다고 한다.

플라세보 효과와 노세보 효과는 모두 사람의 마음가짐, 태도, 감정의 상태가 치료에 얼마나 중요한 영향을 미치는가를 보여주는 실증적인 근거로 자주 활용되고 있다.

이처럼 사람이라면 누구나 천성적인 신념을 발휘할 수 있고 그 능력도 체험할 수 있다. 믿는다는 것은 잠재의식에 가까운 것이다. 따라서 사람을 대할 때에는 항상 부정적인 말보다는 긍정적인 말을 주고받도록 노력해야 한다. 가는 말이 고와야 오는 말도 고와지는 법이다. 긍정적으로 생각하고 자신감을 갖도록 자신의 마음을 아름답게 가꾸어보자. 그래야 엔도르핀이 형성되고 일에 대한 의욕도 왕성해진다.

성공과 실패, 부와 권력도 마음먹기에 달려 있다. 무섭다 하면 무섭고, 어렵다 하면 어렵게 느껴지지만 한번 해볼 만하다고 생각하면 해볼 만하게 되는 것이다.

트릴로프는 "우리가 가장 감사해야 할 것은 신이 주신 능력을 제대로 이용하는 것이다"라고 말했다. 지금 이 순간부터 할 수 있다는 마음의 다짐을 하자. 자기 신념화는 모든 것을 실천하여 뜻을 이루게 해주며, 자신의 사고 및 행동 양식을 재조명하고 마음을 정화시켜준다. 보다 긍정적인 사고하에 상황 판단 능력을 배양해주기도 한다. 신념이 강한 자는 무쇠도 뚫을 수 있는 힘이 있다. 할 수 있다는 확고한 의지가 있다면 어떤 일이든지 해낼 수 있는 힘이 생긴다. 항상 자신감을 갖고 미래에 대한 꿈을 꾸고, 꿈을 키우고, 꿈을 펼치는 멋진 인생을 살아가자.

▶ 나는 할 수 있다

나는 할 수 있다. 단지 내가 도달할 수 있는 높이까지만.

나는 성장할 수 있다. 단지 내가 추구할 수 있는 정도까지만.

나는 갈 수 있다. 단지 내가 볼 수 있는 깊이까지만.

나는 볼 수 있다. 단지 내가 꿈꿀 수 있는 정도까지만.

꼭 그대로만 되고 말 것인가?

나는 할 수 있다. 내가 원하는 한 그 어떤 것이라도.

-작자 미상

성공 TIPS 사람이라면 누구나 천성적인 신념을 발휘할 수 있고 그 능력도 체험할 수 있다. 항상 부정적인 말보다는 긍정적인 말을 하도록 노력하면 엔도르핀이 형성되고 일에 대한 의욕도 왕성해진다.

성공에는 반드시 대가가 따르기 마련이다

만일 그대가 진정으로 성공을 바란다면 불굴(不屈)을 벗으로 삼고, 경험을
고문(顧問)으로 삼고, 경계심을 형으로 삼고, 희망을 수호신으로 삼아라. -토머스 에디슨

정직을 포기한 성공은 없다

정직이라든가, 친절이라든가, 우정이라든가 그런 보통의 도덕을 견고히 지키는 사람
만이 참다운 위대한 인간이라 말할 수 있다. —아나톨 프랑스

18세기 말 나폴리의 총독인 오수나 공작이 에스파냐의 바르셀로
나를 방문했을 때의 일이다. 항구 밖에는 죄수들이 노를 젓는 배가
한 척 정박하고 있었다. 총독은 그 죄수선으로 올라갔다. 그리고 죄
수들을 한 사람씩 불러서 무슨 죄를 지었기에 여기에 왔는지를 물어
보았다. 한 사람씩 설명을 하는데 들어보니 모두가 한결같았다. 즉
자신의 잘못이 아니라, 판사가 뇌물을 받고 억울한 형벌을 주었다느
니, 증인이 거짓말로 증언을 해서 유죄 판결을 받았다느니, 또는 친
구가 배반하여 자기가 누명을 뒤집어썼다느니 하는 식이었다. 모두
가 자신의 죄가 아니라고 했다. 그런데 맨 마지막으로 나와서 이야
기하는 죄수는 달랐다.

"총독님, 저는 벌을 받아 마땅한 죄를 지었습니다. 저는 돈을 원

했지요. 그래서 남의 지갑을 훔쳤습니다. 제가 지금 고생하는 것은 당연합니다.”

이 정직한 죄수는 총독을 감동시켰다. 총독은 말했다.

“아, 이 사람은 정말 죄를 지은 죄인이군! 여기에는 죄를 지은 사람이 단 한 사람도 없는데 이 죄인이 여기에 함께 있는 것은 다른 사람에게 나쁜 영향을 끼치지 않겠나? 간수! 이 죄수를 얼른 밖으로 내보내시오!”

정직한 죄수는 특사를 받고 자유의 몸이 되었다.

여기 또 한 가지 정직에 관한 이야기가 있다.

어떤 왕에게 아리따운 왕비가 있었다. 왕은 왕비를 너무나 사랑해서 바다에 있는 섬을 왕비에게 주었다. 그런데 왕비는 섬의 주인이 되자마자 섬 주민들을 못살게 굴었다. 그 소문은 온 나라 안에 퍼졌다. 한 정직한 신하가 왕 앞에 나아가 이 사실을 용감하게 말했다. 왕은 신하가 왕비를 탓하는 것 같아 은근히 화가 났다. 그래서 신하에게 호통을 쳤다.

“네가 감히 왕비를 탓하다니, 꼭 나를 탓하는 것 같구나. 어찌 그리 무엄한고!”

그러자 신하는 송구스러워하면서 말했다.

“왕이시여, 저는 왕께서 진실을 알고 계셔야 한다고 믿기 때문에 이렇게 아뢰는 것입니다. 부디 통촉하여주시옵소서."

왕은 불쾌해서 언성을 높였다.

"괘씸한지고. 신하가 감히 왕과 왕비를 능멸하려 들다니."

신하는 어찌할 바를 몰라 하면서도 자신의 뜻을 굽히려 하지 않았다.

"왕이시여, 제 말이 잘못되었다면 저를 관직에서 물러나게 하소서."

왕은 더욱더 소리 높여 화를 냈다.

"좋다. 그것이 네 소원이라면 당장 그렇게 하겠다."

왕은 곁에 있는 서기에게 받아쓰도록 명한 뒤에 소리 높여 다음과 같이 말했다.

"내 오늘부로 저 정직한 신하를 영의정에 임명하노라."

서기와 신하는 깜짝 놀랐다. 당장 내쫓을 듯이 소리치던 왕이 오히려 높은 관직을 주었으니 말이다. 왕은 웃음이 가득한 얼굴로 신하에게 말했다.

"그대야말로 짐의 충직한 신하로다. 그대 말대로 잘못된 것은 시정해야 백성들이 고초를 안 겪지. 만일 그대가 알려주지 않았더라면 나는 눈 뜬 장님처럼 그릇된 정치를 할 뻔했구나."

미국의 닉슨 대통령이 하야하게 된 근본적인 원인은 정직하지 못했기 때문이다. 소위 '워터게이트 사건'에서 대통령이 알고 있었으면서도 몰랐다고 거짓말을 한 이유로 그는 대통령직을 사임하게 되었다. 영국 속담에 이런 말이 있다.

"하루 동안 행복하려면 이발을 하고, 일주일 동안 행복하려면 결혼을 하고, 한 달 동안 행복하려면 말을 사고, 한 해를 행복하게 지내려면 새 집을 짓고, 평생을 행복하게 지내려면 정직해야 한다."

정직이란 다른 사람뿐 아니라 자기 자신에게도 솔직한 것, 즉 자신과 다른 사람을 속이지 않는 것을 말한다. 우리가 사는 곳에서 가장 필요로 하는 미덕은 정직이다. 상대방의 말을 믿지 못하고, 약속을 지키지 않으며, 자기가 한 말을 부인하는 풍토가 형성되면, 인간관계는 그 시점부터 불신의 끈으로 묶이게 된다.

한 우산 회사에서 제작 과정 중 실수로 우산에 결함이 생기게 되었다. 하는 수 없이 회사는 이것을 바겐세일로 처분하기로 했으나 도무지 팔리지 않았다. 그러나 모 광고 회사가 이를 인수해서 판매를 시작했는데 우산은 날개 돋친 듯 삽시간에 팔렸다.

과연 그 이유가 무엇이었을까? 그 광고 회사는 이 상품을 팔기 위해 다음과 같은 광고문을 신문에 게재했다.

"흠이 있는 우산을 싼값에 팝니다. 하지만 사용하기에는 불편이 없습니다."

사실을 있는 그대로 밝혔던 것이다. 고객을 구름 떼처럼 몰리게 한 힘은 바로 '정직'이라는 무기였다.

비즈니스의 경우 빨리 실적을 올리려는 과욕 때문에 고객을 사탕발림으로 꾀어서 계약을 체결하는 일부 몰지각한 사람도 있다. 물론 매사에 고지식하게 임하는 정직과 성실이 지금 당장 좋은 실적을 올리는 데 도움이 되지 않을지 모른다. 그러나 세월이 가면 갈수록 고객들은 '믿을 만한 사람'으로 평가해줄 것이다. 감초같이 씹으면 씹을수록 단맛을 내는 향기 나는 사람이 될 것이다.

비즈니스맨이나 세일즈맨은 고객의 귀중한 재산을 위탁받아 관리해주는 선량한 관리자의 임무를 띠고 있다. 남을 속이고 거짓을 일삼는 사람에게 재산을 맡기려는 고객은 없지 않겠는가? 자기 자신에게 정직해야 다른 사람에게 정직한 모습을 보일 수 있고, 그래야만 신뢰를 얻을 수 있는 것이다. 또한 신뢰를 받아야 인정을 받고 보다 좋은 실적을 거둘 수 있는 것이다.

우리는 남에게 더 잘 보이기 위해 간혹 자신을 꾸며서 행동하려는 경향이 있으나, 이러한 행위는 오래지 않아 드러나고 만다. 있는 그대로 솔직하게 보여주자. 사람들은 대부분 말이 많고 가식적인 사람보다는 성실하고 솔직하고 꾸밈없는 사람을 더 좋아한다. 세상 모든 이치는 반드시 사필귀정으로 다가온다는 것을 명심하자.

▶ 인생의 황금률

네가 열었으면 네가 닫으라.

네가 켰으면 네가 끄라.

네가 자물쇠를 열었으면 네가 잠그라.

네가 깼으면 그 사실을 인정하라.

네가 그걸 도로 붙일 수 없으면 그렇게 할 수 있는 사람을 부르라.

네가 빌렸으면 네가 돌려주라.

네가 그 가치를 알면 조심히 다루라.

네가 어질러 놓았으면 네가 치우고 네가 옮겼으면 네가 제자리에 갖다놓으라.

다른 사람의 물건을 사용하고 싶으면 허락을 받고 어떻게 작동하는지 모르면 그냥 놔두라.

네 일이 아니면 나서지 말라.

깨지지 않았으면 도로 붙여놓으려고 하지 말라.

누군가의 하루를 기분 좋게 해주는 말이라면 하라.

하지만 누군가의 명성에 해가 되는 말이라면 하지 말라.

-작자 미상

성공 TIPS 남에게 자신을 더 잘 보이기 위해 꾸며서 하는 행동은 오래지 않아 드러나고 만다. 정직과 성실이 당장 좋은 업적을 올리는 데는 도움이 되지 않더라도 있는 그대로 솔직하게 보여주자. 정직이 최상의 정책이며 가장 오래가는 행복이다. 나 자신에게 정직해져야만 세상에 정직해질 수 있다. 정직해야 신뢰감이 생긴다. 신뢰감이 생겨야 모든 걸 믿고 맡길 수 있는 것이다.

절망은 삶을 파괴하는 주범이다

모든 사업은 칠전팔기다. 중요한 것은 자아를 상실하지 않는 일이다. 절망만 하지 않으면 반드시 성취된다. -쑨원

아버지와 아들이 사막을 여행하고 있었다. 사막은 불같이 뜨거웠으며 아무리 걸어도 끝이 보이지 않았다. 두 사람은 목이 마르고 지쳐서 쓰러질 지경이었다. 기댈 나무나 언덕조차 없었다. 아들은 원망과 체념이 가득한 눈빛으로 아버지를 바라보았다.

"아버지! 이제 우리에게 남은 건 죽음뿐인 것 같습니다. 더 이상 걸을 이유가 없어요. 그냥 이 자리에 앉아서 편하게 죽는 편이 낫겠어요."

아버지는 아들의 어깨를 두드리면서 조용히 타일렀다.

"얘야, 조금만 더 가면 틀림없이 시원한 물과 마을이 나타날 거야. 조금만 힘을 내렴."

그때 앞을 보니 커다란 무덤이 보였다. 아들은 더욱 절망에 젖어

울부짖었다.

"이 사람도 우리처럼 죽은 거예요. 이젠 정말 절망뿐이에요."

그러나 아버지의 생각은 달랐다.

"아들아, 무덤은 희망의 징조란다. 무덤은 마을이 가까이 있다는 희망의 표시야."

잠시 후, 두 사람은 마을에 도착해서 편안한 안식을 취할 수 있었다.

마을이 바로 코앞에 있었는데, 만약에 아버지와 아들이 무덤 앞에서 그만 절망하여 주저앉았다면 그들에게 삶의 안식은 영원히 오지 않았을 것이다.

미국의 어느 철도 회사에서 실제로 있었던 일이다. 이 회사에서는 냉동차가 역에서 정차하고 있는 동안 청소부가 그 차 안을 청소하는 것이 상례였다. 그런데 불행히도 냉동차 안에서 청소부가 청소를 하고 있다는 것을 모르고 누군가가 밖에서 문을 잠가버리고 말았다. 청소부는 점점 다가오는 죽음의 공포를 느끼며 차가운 냉동차의 벽에 자신의 상태를 기록했다.

"몸이 차가워진다. 그래도 기다리는 수밖에 없다. 차츰 몸이 얼어온다. 이제 정신이 몽롱해진다. 이것이 나의 마지막일지도 모르겠다."

다음날 아침 직원 한 사람이 이 냉동차의 문을 열었을 때, 안에 갇혀 있었던 청소부는 싸늘한 시체로 발견되었다.

그 냉동차는 청소하느라고 스위치를 뽑아놓은 상태였기 때문에 온도가 섭씨 13도로 사람이 얼어죽을 만큼 기온이 떨어진 것도 아니었다. 또한 내부에는 산소도 충분히 있었다. 청소부는 단지 냉동차 안에 갇혀 있다는 자신의 부정적인 생각 때문에 죽음을 맞이하게 된 것이다. 그는 자기가 갇혀 있다는 것을 안 순간 절망에 빠졌고, 자신이 냉동차 안에서 동태처럼 꽁꽁 얼어죽고 말 것이라고 굳게 믿었다. 바로 그 생각 때문에 사실은 살 수 있었는데도 절망을 이겨내지 못하고 죽은 것이다.

프랑스의 한 여자는 살충제를 먹고 자살한다는 유서를 남기고 죽었다. 그러나 실제로 그녀가 마신 것은 살충제가 아닌, 인체에 무해한 액체였다고 한다. 그녀가 마신 액체는 사람을 죽일 수 있는 것이 아니었는데도, 그녀는 살충제를 먹었다는 생각 때문에 죽은 것이다.

중화민국 창시자로서 정치가였던 쑨원은 "절망하지 않으면 다시 일어날 수 있다. 모든 사업은 칠전팔기다. 중요한 것은 자아를 상실하지 않는 일이다. 절망만 하지 않으면 반드시 성취된다"라고 말했다.

우리는 쉽게 어떤 목표에 도달하기도 하지만, 어떤 때는 굉장한 집념과 인내가 없이는 이루어질 수 없는 일에 부딪치기도 한다. 그러나 모든 것은 성공으로 향한 하나의 과정이다. 그 과정 속에서 실패할 수도 있고, 성공할 수도 있다. 한 가지 확실한 것은 주저앉지 않고 끈기 있게 매달리는 노력이 필요하다는 것이다. 그러한 노력 속에서만 한 발자국씩 전진할 수 있다. 그리고 한 발 한 발 전진하는 과정 속에서 마침내 커다란 뜻을 이룰 수 있는 것이다. 칠전팔기의 정신을 가져야 한다.

저명한 저술가이자 '만인의 성직자'로 불리는 동기부여 연설가인 노먼 빈센트 필은 미국 뉴욕에서 60여 년간 목사로서 사역하면서 절망에 빠진 이들에게 성공적인 삶을 살아갈 방법을 제시해왔다. 그는 절망에 빠져 있는 사람들에게 설교를 할 때면 언제나 이 말을 했다고 한다.

"왜 당신은 자신이 불행하다고 느끼는 쪽을 선택하는가?"

그에게는 다음과 같은 일화가 전해진다.

어느 날 쉰두 살의 남자가 필 목사를 찾아와 극도의 절망감에 사로잡혀 말했다.

"이제는 끝장났어요. 사업에 실패하여 모든 것을 잃었습니다."

그 말을 들은 필 목사는 종이와 펜을 준비하면서 다음과 같이 말했다.

"모든 것을요? 그럼 우리 한번 남아 있는 것을 종이에 적어봅시다. 부인은 계십니까?"

"네, 좋은 아내입니다."

필 목사는 종이에 '좋은 아내'라고 적었다.

"그럼 자녀들은 있습니까?"

"예, 토끼같이 귀여운 세 아이가 있습니다."

필 목사는 다시 질문했다.

"친구는요?"

그 남자는 대답했다.

"예, 많지는 않지만 진실한 친구가 있습니다."

"건강은요?"

"아직은 좋은 편입니다."

그런데 계속해서 대답하던 남자가 필 목사를 쳐다보면서 무엇인가 삶에 자신을 얻은 것 같은 표정으로 말했다.

"목사님! 어쩌면 제 사정이 그리 나쁜 건 아니라는 생각이 드네요. 저는 아직 많은 것을 가지고 있으니까요."

이 이야기는 우리가 인생을 살아가면서 절망에 빠져 아무것도 남은 것이 없다고 자포자기하게 될 때 한 번쯤 떠올리면서 음미해볼만한 일화다.

독일의 작가며, 정치가요, 과학자였던 괴테는 "사람은 고난을 겪을 때마다 그것이 참된 인간 완성의 계기임을 깨달아야 한다"라고 역설했다. 혹시 당신은 일을 할 때 지레 겁부터 먹거나, 이젠 끝이라고 단정하고 주저앉은 적은 없는가? 우리는 인생을 살아가면서 사막의 무덤 같은 좌절과 절망, 시련을 만날 때가 많다. 무덤 바로 뒤에 마을이 있었듯이, 산모의 인내와 뼈를 깎는 고통 후에 아기가 태어나듯이 우리는 우리가 겪고 있는 대부분의 좌절이나 시련이 바로 희망의 징조라는 걸 깨달아야 한다.

영국 속담에 "자포자기를 삼가라. 가장 어두운 날도 내일이면 사라진다"라는 말이 있다. 닭의 목을 비틀어도 새벽은 오는 것이다. 따라서 만일 현재 당신이 슬럼프에 빠졌다 하더라도 결코 절망할 필요는 없다.

인간의 오묘한 육체는 마음과 정신의 지배 아래 살아가고 있다. 모든 것은 마음먹기에 달려 있다. 이 세상은 하려고 하는 의지만 있으면 안 되는 것이 거의 없다고 생각하자. 인생을 자신 있게 사느냐 불신하며 사느냐 하는 것은 삶에 있어서 대단히 중요하다. 절망을 극복하는 최상의 묘약은 자기 자신을 사랑하는 것임을 명심하라. 자기가 스스로 자신을 사랑하지 않는다면 절망을 이겨내기 힘들다. 부정적인 생각, 자신을 나약하게 만드는 소극적인 생각은 생활을 파괴하는 병균과 같다. 밝고 맑은 생각 속에 항상 자신감을 갖고 생활하자. 어떠한 어려움이 닥친다 해도 능히 이를 극복해나갈 수 있다는 확신을 가져야 한다.

절망은 미래를 개척하기 위해 최선의 노력을 기울이는 용기 있는 자에겐 굴복하기 마련이다. 우리가 이룩해야 할 많은 일이 인생길 전반에 가로놓여 있는데 단지 눈앞에 있는 절망이란 걸림돌 한 덩어리 때문에 아까운 인생을 소비하면서 주저앉아서는 안 된다. 절망이 다가오면 그것을 희망을 위한 시련이라고 생각하면서 딛고 일어서

자. 절망은 나약하고 우유부단한 사람에게만 밀려오는 독감과 같은 것이라고 여기자.

▶ 희망과 절망

희망이란 세상 모든 사람들이 당신을 무시하고 비웃는다 해도 당신 자신만은 당신을 포기하지 않는 것이고, 절망이란 세상 모든 사람들이 당신을 존경하고 흠모한다 해도 당신 자신이 당신을 포기하는 것이다.

―작자 미상

성공 TIPS 극단에 몰린 것은 아직 절망이 아니다. 진정한 절망은 표류다. 모든 것은 마음먹기에 달려 있다. 하려고 하는 의지만 있으면 안 되는 것이 없다. 인생을 자신 있게 사느냐 불신하며 사느냐 하는 것은 삶에 있어서 대단히 중요하다. 밝고 맑은 생각 속에 항상 자신감을 갖고 생활하자.

절망은 용기 있는 자에겐 굴복하기 마련이다. 고통은 곧 희망의 재료다. 고통은 지혜로운 사람에게는 '성공의 재료'가 되지만 나약한 사람에게는 '실패의 독약'이 된다.

성공에는 그에 따른 대가가 지불되기 마련이다

그대가 잃어버린 것을 슬퍼하며 목표를 갖고 초조하게 지내는 한, 그대는 평화가 무엇인지 모를 것이다. ―헤르만 헤세

유럽 북반구에 위치한 아일랜드에는 일생에 단 한 번, 지구상의 그어떤 피조물보다 아름답게 우는 새에 관한 전설이 내려오고 있다. 죽을 때까지 가시나무를 찾아다니다가 결국 가시나무에 찔려 처음이자 마지막으로 이 세상에서 가장 아름답고 고귀한 목소리로 울고는 생을 마친다고 하는 가시나무새에 관한 슬픈 이야기가 그것이다.

"가시나무새는 살아 있는 동안 노래를 부를 수 없다. 오직 가시나무에 달려들어 몸을 찢겨야만 노래를 부를 수 있다. 그래서 가시나무새는 둥지를 떠나는 순간부터 쉬지 않고 가시나무를 찾아다닌다. 일생 가장 크고, 가장 길고, 가장 날카로운 가시를 찾아다니다가 그런 가시를 찾으면 제 몸을 가시에 박는다. 평생 한 번도 울지 않는 이 새는 이때 꼭 한 번 우는데 그 울음소리가 너무나도 곱고 아름답

다. 종다리나 나이팅게일 등 세상의 그 어떤 새보다도 아름다운 목소리로 노래를 부른다. 온 세상이 그 노래를 듣기 위해 숨을 죽이고, 하늘에 계신 하느님도 말없이 듣는다. 그리고 가시나무새는 세상을 떠난다. 그러나 죽는 순간 가시나무새는 고통스럽게 죽지 않고 행복하게 죽는다. 평생 동안 한 번도 못 불러 보았던 노래를 최고로 아름답게 불렀기 때문이다."

가시나무새가 이 세상 어느 새소리보다 아름답고 고귀하게 부른 최상의 노래는 바로 자기 희생의 대가인 것이다. 이는 최상의 것은 그 가치가 높을수록 끝없는 인내와 고통과 희생을 치른 후에야 얻을 수 있음을 일깨워주는 교훈이라고 할 수 있다. 고진감래의 법칙은 성공의 법칙 중 제1법칙이다.

우리는 가끔 자신이 삶에 패배했다는 생각에 사로잡힐 때가 있다. 그래서 중도에 포기하는 경우가 있다. 그러나 "인간에게 패배란 자신이 그것을 패배로 받아들이지 않는 한 패배가 아니다"라고 말한 사람이 있다. 그는 다름 아닌 전 세계 장애인들의 표상이며 '빛의 천사요, 성녀'인 미국의 사회사업가 헬렌 켈러다.

그녀는 보지도 못하고 말하지도 못하고 듣지도 못하는 삼중고에 시달리면서도 희망을 잃지 않았다. 그런 최악의 상황에서도 결코 좌절하지 않았고, 그것을 인생의 패배라고 인정하지도 않았다. 그녀는 늘 "패배를 인정하지 않는 한 그것은 진실로 패배가 아니다. 나는 특별히 나에게 핸디캡을 주신 하나님께 감사드린다. 그것이 없었다면 나는 성공할 수 없었을 것이다"라고 말했다. 그녀는 19개월 되던 때 열병을 앓은 후 장님과 벙어리, 귀머거리가 되었지만 시련을 이겨냈다. 넘치는 의욕과 꿋꿋한 의지를 가지고 새로운 삶의 길을 찾아 스스로 피나는 노력을 계속했던 것이다.

앞이 보이지 않아서 넘어지고 무릎이 깨질 때, 말을 하려고 해도 말이 되어 나오지 않을 때, 그럴 때마다 그녀가 좌절의 순간을 곧바로 패배로 받아들였다면 헬렌 켈러는 자신의 인생을 모든 사람들이 존경해 마지 않는 그만한 승리로 이끌어내지 못했을 것이다. 어느 누가 보더라도 그녀는 인생의 패배자가 되고도 남을 열악한 환경과 최악의 상황에 놓여 있었으니까.

미국에 하워드 더스톤이라는 유명한 마술사가 있었다. 그는 40년 동안 전 세계를 돌면서 관중을 현혹시키고, 감탄을 자아내게 하였으며, 환상적인 마술을 보여주었다. 6천만 명 이상의 사람이 그의 공연을 보았고, 그는 약 2백만 달러의 수입을 올렸다. 그런데 그가 성공을 한 이면에는 어두운 그림자가 있었다.

그는 어렸을 때 하도 가난해서 굶주림을 참지 못하고 가출을 했다. 그리고 거리의 부랑아가 되어 화차에 들어가 건초 더미 속에서 잠을 자기도 했으며, 문전걸식도 서슴지 않았다. 그러나 그는 배우기 위해 철길에 세워진 표지판을 보고 글자를 익혔다.

어느 날 한 기자가 브로드웨이로 하워드 더스톤을 찾아왔다. 그가 마지막 공연을 끝내고 은퇴를 하는 날이었다. 그 기자는 그에게 성공 비결을 물었다. 그러자 더스톤은 이렇게 말했다.

"나는 지금까지 끊임없이 연습하고 또 연습했습니다. 나의 온몸이 순간순간의 모든 동작을 기억할 때까지 계속 반복해서 연습했습니다. 어떤 어려움이 있어도 진정한 프로가 되어야 성공할 수 있으니까요."

이와 같이 성공에는 그에 따른 고통과 대가가 지불되기 마련이다. 만약 당신이 건전한 육체를 가지고 있다면 당신이 이룩하고자 하는 성공의 좌표에는 헬렌 켈러가 당했던 육체적 고통보다 더 심한 정신적 또는 물질적인 고통이 수반될지도 모른다. 그러나 당신은 반드시 이를 극복해나가야 한다. 더스톤이 굶주림 속에서도 배우려고 노력한 그 흔적이 당연히 뒤따라야 할 것이다. 당신에게 주어지는 고통은 바로 앞으로 이룰 성공에 대한 대가로 미리 지불되는 시험적 수단이기 때문이다.

가시나무새가 이 세상에서 가장 아름다운 목소리를 내기 위해 자기 몸을 불사르는 고고한 희생 정신을 우리는 배워야 한다. 헬렌 켈러가 새 삶을 위해 불태웠던 왕성한 의욕과 절망을 딛고 일어설 수 있었던 굳은 의지를 본받아야 한다. 사람이 이 세상에 태어난 이유 중에 하나는 사는 듯이 살다가 무언가 아름답게 남기고 떠나라는 조물주의 배려임을 늘 마음속에 새겨두어야 한다.

시작하고 실패하는 것을 계속하라. 그러면 실패할 때마다 무엇인가 성취할 것이다. 당신이 원하는 것을 성취하지는 못할지라도 무엇인가 가치 있는 것을 얻게 될 것이다. 난관을 극복하는 자만이 성공한다. 성공에는 항상 그에 따른 대가가 지불된다는 것을 기억하고, 지금은 비록 힘들더라도 참고 극복하면서 꿋꿋하게 나가자. 역경에 처할 때 그것을 극복하면 그 뒤에는 밝은 햇살이 반긴다는 것을 명심하자.

영국의 시인 톰슨은 "고통의 지불 없이는 아무것도 시작되지 않

는다"라고 하였다. 미국의 오페라 가수 비벌리 쉴즈는 자신의 경험을 토대로 성공 인생길에 대해 "갈 만한 곳에는 지름길이 없다"라고 했다.

탈무드에는 다음과 같은 말이 쓰여 있다.

"시련을 극복하는 자에게 영광 있으리라. 신은 모든 사람을 시험하고 있다. 어떤 사람은 부에 의하여 시험을 당하고, 어떤 사람은 가난에 의하여 시험을 당한다. 부자에게는 그를 필요로 하는 궁핍한 사람에게 인색하지 않는가를 시험하고, 가난한 사람에게는 그가 불평 없이 자신의 고통을 간직하고 있는가를 시험한다."

그렇다. 인생에서 중요하고 소중한 것은 쉽게 찾아오지 않는다. 인생의 가치 있는 일 중에 대가가 따르지 않는 것은 하나도 없다. 소중한 것을 쉽게 얻어내는 마법의 주문 같은 것은 없다. 성공을 위해 치러야 하는 대가는 때로 터무니없이 혹독하게 느껴지기도 하는데 이는 자신의 모든 에너지와 시간, 돈, 희생과 무수한 실망이 지불되어야 하는 경우도 있기 때문이다. 하지만 성공은 대가를 치를 준비가 안 된 사람들을 피해 교묘히 달아나 버린다. 즉 요령을 피우거나 역경을 이겨내지 못하고 좌절하는 사람에게는 성공의 신이 다가오지 않는다.

성공은 인내와 고생 끝에 낳은 자식과 같다. 성공은 뇌물을 주고 구슬린다고 해서 자신에게 다가오는 것이 아니다. 정당한 대가를 지불해야만 얻을 수 있는 것이다.

즉, 성공은 우연이나 요행의 결과물이 아닌 지혜의 산물이요, 신념의 산물이며, 인내의 산물이다. 피와 땀으로 얼룩진 고통의 산물이다. 인생을 살아가면서 매일 하나하나 쌓아가는 건설의 초석이요, 창조의 발자취다. 피와 땀 없이 건설을 꾀할 수 없고, 지혜로움 없이 창조를 바랄 수 없듯 먼저 땀을 흘려 노력해야 하며, 지혜를 발휘하기 위해 부단히 정보를 수집하고 지식을 쌓아야 한다.

그런데 우리는 간혹 막연히 누군가가 자신을 위해 어렵고도 중요한 일들을 대신 해줄 것이라는 어리석은 희망을 품기도 한다. 또한 때로는 다른 사람들이 피땀 흘려 노력한 결과로 이득을 보기를 바라는 얌체 같은 흑심을 품기도 한다. 하지만 안타깝게도 현실은 그렇지 못하다. 설혹 누군가 나 대신 나선다 해도 그런 식으로는 결코 근본적인 문제 해결이 되지 않는다.

진정으로 당신이 당신 자신을 사랑하고 위하는 현명한 사람이라면, 어떻게든 스스로 가치 있는 일을 해내도록 자신을 독려하고 채찍질해야 한다. 자신의 능력을 끊임없이 개발하려고 노력하는 자에게만 성공은 다가오는 법이다. 성공은 피와 땀의 대가며, 의식적이고 꾸준한 노력의 결과물이란 사실을 잊지 말자. 고생 끝에 낙이 오는 법이다.

▶ 당신은 프로로서의 10가지 조건을 갖추고 있는가?

1_프로란 일에 목숨을 걸 정도로 열심히 일하는 사람이다.

2_프로란 불가능을 가능하게 만드는 사람이다.

3_프로란 자신의 일에 긍지를 갖는 사람이다.

4_프로란 미래를 읽고 일을 하는 사람이다.

5_프로란 시간보다는 목표를 중심으로 일하는 사람이다.

6_프로란 높은 목표를 향해 매진하는 사람이다.

7_프로란 성과에 책임을 지는 사람이다.

8_프로란 보수가 성과에 의해 결정되는 사람이다.

9_프로란 일의 능력 향상을 위해 항상 노력하는 사람이다.

10_프로란 자신의 가치를 드높이려고 늘 애쓰는 사람이다.

성공 TIPS 인생의 성공이나 행복과 관련된 것은 공짜로 얻을 수 없다. 어떠한 형태로든 그에 합당한 대가를 치러야 한다. 대가를 치르지 않거나 나중으로 연기할 수 있을 것이라고 생각하지 말자. 중요한 일들을 위한 대가는 빨리 치를수록 인생의 행복과 만족을 빨리 즐길 수 있다. 오직 당신만이 당신의 삶을 변화시킬 수 있다. 이 세상에 대가 없는 결과는 없다. 가시에 찔리지 않고서는 아름다운 장미꽃을 가질 수 없다.

실패한 사람을 누가 패배자라 했는가

실패했다고 모든 것을 잃은 것은 아니다. 실패했다고 진 것은 아니다. 실패했다고 성공한 사람이 되지 못하는 것은 아니다. 실패는 성공의 어머니이기 때문이다. 성공은 실패의 싹을 통해서만 움틀 수 있다. -마이클 조든

"이 사람은 누구인가?

이 사람은 22세에 사업에 실패했고, 23세에 주의회의원 선거에서 낙선했다.

24세에는 사업에 또다시 실패했으며, 그 때문에 17년 동안 빚을 청산하는 데에 매달려야 했다.

25세에는 주의회의원 선거에 당선되어 잠시 기쁨을 누렸으나, 이듬해인 26세에 사랑하는 여인을 잃고 낙심하여, 27세에는 신경쇠약과 정신분열증으로 고생하였다.

29세에는 하원의장 선거에서 낙선의 패배를 맛보아야 했고, 31세에는 대통령 선거에 출마했다가 낙선했으며, 34세에는 국회의원 선거에서도 낙선하였다.

37세에 국회의원 선거에 다시 도전하여 당선되었지만, 39세에 국회의원 선거에서 다시 낙선하였다.

46세에 다시 도전한 상원의원 선거에서도 낙선하였고, 47세에 도전한 부통령 선거에서도 낙선의 아픔을 맛봐야 했다.

49세에는 또다시 상원의원 선거에서 낙선했다.

이와 같이 계속된 실패로 사람들은 그를 낙오자로 여기면서 그의 인생은 이제 끝났다고 생각했다.

그런데 51세에 그에게 엄청난 일이 생겼다. 대통령에 당선된 것이다.

그는 계속되는 실패에도 좌절하지 않고 불굴의 노력과 집념으로 실패를 극복하여 포기하지 않는 인간의 표상이 되었다. 그리하여 그는 사후 미국의 인명사전에서 가장 많은 페이지로 설명되고 있는, 많은 미국인에게 존경받는 위대한 인물 중 한 사람이 되었다."

이 사람이 바로 우리가 익히 잘 알고 있는 미국 16대 대통령 에이브러햄 링컨이다. 그는 그렇게 많은 실패를 겪었지만 단 한 번의 성공으로 미국뿐만이 아닌 세계의 역사 속에서 최후의 승자로 빛나고 있다. 미국에서 역대 대통령 중 가장 위대한 대통령을 말하라면 아마 많은 사람이 에이브러햄 링컨을 꼽을 것이다. 그러나 링컨 대통령의 이력을 보라. 얼마나 실패와 절망으로 얼룩진 인생인가? 미국의 대통령들 가운데 링컨만큼 많이 실패하고 많이 패배한 사람도 없을 것이다.

링컨은 가난한 집에서 태어나 계속되는 시련에 시달려야 했다. 그가 꿈 많은 소년 시절을 보냈던 인디애나 주는 지금도 불과 몇백 명밖에 살지 않는 작은 농촌이다. 그는 법률학교에 입학하는 것을 거절당했고, 두 번에 걸친 사업 실패로 빚더미에 앉았다. 첫사랑의 여자는 백혈병으로 죽었고, 명문가 부잣집 딸을 아내로 맞았으나 그녀는 거듭되는 남편의 실패를 견디지 못하고 신경쇠약으로 평생을 고생하였다. 정치가가 된 후에는 위에 열거한 바와 같이 패배의 연속이었다. 십여 차례의 선거에서 무려 여덟 번이나 패배했다.

링컨은 하원의원 초선 임기 2년을 마치고, 재선, 삼선, 사선에 출마했지만 모두 낙선의 고배만 마셨다. 그러나 그는 뚜렷한 인생의 목적이 있었기 때문에 결코 포기하지 않았다. 오히려 상원의원 선거에 도전했다. 하원의원 선거보다 훨씬 더 어렵고 승산도 그만큼 적었다. 결과는 역시나 실패였다. 그러나 이 큰 패배에도 굴하지 않고 2년 후에는 더 큰 포부를 안고 대통령 선거에 도전하였다. 마침내 그는 근소한 차이로 미국 제16대 대통령에 당선되는 승리의 기쁨을 안았다.

그가 기나긴 인생 동안 성공한 것은 딱 한 번 대통령으로 당선된 것이라고 했을 정도로 그의 인생은 실패의 연속이었지만 그는 한 번도 자신을 패배자라고 생각하지 않았다. 오히려 패배를 인정하고 겸허하게 받아들여 패배에 굴하지 않는 강한 집념의 소유자가 되었다. 그러한 집념이 나중에 그를 가장 존경받는 대통령으로 만드는 단초가 된 것이다.

링컨은 개인적으로나 가정적으로 누구보다 많은 어려움을 겪었을 뿐만 아니라, 대통령으로서도 남북전쟁이라는 미국 역사상 가장 큰 위기를 겪었지만 이를 잘 극복해냈다. 이를 통해 볼 때 일생을 살아가면서 언제나 희망을 갖고 포기하지 않는 삶을 산 가장 대표적인 사람은 에이브러햄 링컨일 것이다.

세계적인 발명왕을 꼽으라면 대부분의 사람이 미국의 에디슨을 떠올릴 것이다. 에디슨은 세계에서 가장 많은 1,300여 개의 발명품을 발명했는데, 이 중 1,093개의 발명품에 대한 특허를 얻어 타의 추종을 불허하는 전무후무한 발명왕으로 인정받고 있다. 백열전구, 램프, 영사기, 축음기, 발전기, 전신, 전차 등이 에디슨이 발명한 것이다. 그러나 에디슨도 이러한 것들을 쉽게 발명해낸 것은 아니다. 그는 어찌 보면 평생을 실패의 연속선상에서 살았는지도 모른다. 축음기를 발명하기 위해서 600번이나 실패했으며, 전차를 발명하기 위해서는 12,000번을, 전구를 발명하기 위해서는 무려 25,000번을 실패했다. 그러나 그는 그때마다 이렇게 말하곤 했다.

"나의 실험에는 실패가 없다. 나는 실패한 것이 아니라, 다만 어떻게 하면 발명품을 잘 만들 수 있을지에 대해 끊임없이 연구를 거듭했을 뿐이다. 나에게 있어서 수많은 실패는 실패를 하지 않는 노하우를 알려주었다. 실패를 통해 나는 이렇게 하면 안 된다는 것을 알았을 뿐이다. 이것이 바로 내가 실패하지 않은 이유다."

에디슨은 "천재는 1퍼센트의 영감과 99퍼센트의 땀으로 이루어진다"라는 명언도 남겼는데 이 말을 누구보다도 잘 실천한 사람 또한 에디슨이었다. 그는 실패에 굴복하여 자포자기하기보다는 그 실패를 딛고 일어서서 부단히 땀 흘리며 노력하는 자세가 더 중요하다는 것을 보여주었다.

미국의 심리학자인 해럴드 셔먼은 실패를 성공으로 만들기 위해서는 마인드 컨트롤을 통해 다음과 같은 자세로 임해야 한다고 강조했다.

첫째, 과거의 실패나 불행했던 일에 대해서 미련을 갖지 않는다.

둘째, 과거의 모든 경험을 통해서 도움이 되는 것은 배운다.

셋째, 어떻게 실패를 하든 또는 얼마만큼 비참한 실패를 하든 낙심하지 않는다.

넷째, 실패에서 성공을 이끄는 아이디어를 찾아낸다.

다섯째, 과거의 경험에서 성공할 수 있는 방법을 모색한다.

여섯째, 비록 중요한 것을 잃더라도 보람 있는 인생을 산다.

일곱째, 나쁜 일이 생기더라도 좋은 방향으로 해석한다.

여덟째, 언제나 정도(正道)를 걸으면 최후의 승리자가 될 것을 확신한다.

미국의 유명한 적극적 사고 훈련가인 지그 지글러가 뉴욕의 한

지하도를 건너다가 연필을 팔고 있는 거지를 만났다. 그는 무심코 1달러를 쥐여주고는 연필을 받지 않고 그냥 지나갔다. 그러나 곧 다시 돌아와서, 거지에게 "연필 한 자루 주시오!"라고 하였다. 거지는 당연하다는 듯이 연필을 건네주었다. 이때 지그 지글러가 "당신은 나와 같은 유능한 사업가요. 나는 불필요한 물건은 잘 안 사는 사람인데 나에게 연필을 팔다니!"라고 하자 거지는 그 말 한마디에 힘을 얻어 열심히 장사를 했고 훗날 큰 기업체의 사장이 되었다.

누구든지 성공이나 실패의 뒷이야기를 조사해보면 성공자도 실패자도 어떤 동기나 충고에 크게 감격하거나 상처받은 사건이 있었음을 알 수 있다. 사소한 말도 조금만 생각을 더해서 하면 위로, 치료, 감격, 기쁨을 줄 수 있고 용기를 줄 수 있다.

실패하는 사람에는 일반적으로 다섯 가지의 유형이 있다고 한다.

첫째, 종래의 방법이 제일 좋다고 고집하는 형.
시대는 변화하는데 새로운 방법을 찾지 않는 완고함 때문에 쉽게 낙오된다.
둘째, 자기 계발을 게을리 하는 현실 만족형.
바빠서 틈이 없다, 일이 많아서 공부할 시간이 없다고 푸념하는 것은 일이나 공부나 연구에 뜻이 없다는 말과 같다.

셋째, 나는 잘하는데 상대가 못한다고 말하는 형.

자기중심주의나 오만함 때문에 상대의 입장을 이해하거나 상대를 만족시킬 줄 모르면 배척당한다.

넷째, 쉽게 부정해버리는 형.

잘 안 된다고 해서 인내와 집념과 도전 의식으로 돌파하기보다 쉽게 단념을 하면 아무 일도 성취할 수 없다.

다섯째, 시야가 좁은 형.

우물 안 개구리처럼 자기 분야만 고집하거나, 고정관념에 사로잡혀 폭넓게 생각할 줄 모르는 편협성은 발전을 저해한다.

링컨이나 에디슨과 같이 매사를 긍정적으로 생각하면서, 몇 번을 실패하더라도 반드시 성공할 수 있다는 믿음을 가지고 살아야 한다. 신이 아닌 이상 사람은 누구에게나 남보다 부족한 점이 있기 마련이다. 그렇기 때문에 실패 또한 당연히 있을 수 있다.

실패는 불명예가 아니다. 불명예는 자기 스스로 노력하기를 거부하는 것이다. 실패는 성공하기 위한 필연적인 인고의 과정이다. 사람은 누구나 위대한 일을 감당할 능력을 지니고 있다. 만약 당신이 그 능력을 의미 있게 사용한다면 더 많은 능력을 받게 될 것이다. 따라서 실패했다고 절망하지 말아야 한다.

다른 사람들보다 특출나게 뛰어난 것이 없던 링컨이 성공할 수 있었던 한 가지 확실한 비결은, 실패에도 굴하지 않고 주위의 온갖 비난에도 주저앉지 않고 끈기 있게 매달리는 노력에 있었다. 그러한 노력 속에서 한 발자국씩 전진할 수 있었던 것이다.

실패를 성공으로 만들려면 실패에 대한 근본적인 원인을 분석하고 그 반대로 일을 추진하면 된다. 실패하는 사람들의 면면을 보면 모두가 일정한 공통점이 있다. 바로 성공으로 향하는 길에 놓인 걸림돌을 치우려 하지 않고 쉽게 되돌아가려고 하는 습성이다. 이러한 사고를 갖게 되면 성공으로 향한 길은 점점 더 멀어지게 된다. 무언가 부자연스럽다거나 매사 편하게만 지내려고 한다면 실패는 불을 보듯 뻔한 것이다. 성공은 노력하지 않는 자에게는 절대로 다가가지 않는 법이다.

인생을 살아가면서 연속해서 다가오는 실패와 패배에도 굴하지 않고 끈기 있게 자신의 길을 가는 사람들이 얼마나 될까?

지구력이 강한 사람도 포기하고 체력이 강한 사람도 포기한다. 그러나 링컨처럼 심력이 강한 사람은 끝까지 포기하지 않고 최후의 승리자가 되는 것이다. 성공은 실패의 싹을 통해서만 움틀 수 있다는 것을 명심하자. 강한 신념으로 무장하여 실패의 싹 위에 성공의 싹을 이식하여 키워나가자.

▶ 실패란 무엇인가?

실패는 당신이 실패자라는 것을 의미하지 않는다. 다만 당신이 아직 성공하지 못했음을 의미할 뿐이다.

실패는 당신이 아무것도 성취하지 못했다는 것을 의미하지 않는다. 다만 당신이 무엇인가를 새로 배웠음을 의미할 뿐이다.

실패는 당신의 위신이 손상된 것을 의미하지 않는다. 다만 당신이 무엇인가를 용감히 시도했음을 의미할 뿐이다.

실패는 당신이 틀렸다는 것을 의미하지 않는다. 다만 당신이 다른 방법으로 해야 함을 의미할 뿐이다.

실패는 당신이 열등하다는 것을 의미하지 않는다. 다만 당신이 완전한 존재가 아님을 의미할 뿐이다.

실패는 당신이 인생을 낭비했다는 것을 의미하지 않는다. 다만 당신이 다시 출발해야 할 좋은 이유를 갖고 있음을 의미할 뿐이다.

실패는 당신이 이제 포기해야 된다는 것을 의미하지 않는다. 다만 당신이 더 열심히 해야 함을 의미할 뿐이다.

실패는 당신이 결코 해낼 수 없다는 것을 의미하지 않는다. 다만 시간이 더 오래 걸릴 것임을 의미할 뿐이다.

─로버트 H. 슐러

성공 TIPS 만일 우리가 실패를 적극적으로 혹은 긍정적으로 받아들여 새로운 출발의 기회로 삼는다면, 실패는 우리에게 더 큰 성공의 밑거름이 될 수 있을 것이다. 실패를 이와 같이 생각할 수 있는 사람이라면, 그는 실패에도 불구하고 성공의 길로 달려갈 수 있는 사람이다. 실패는 실패가 아니라 성공으로 가는 노하우를 발견하게 해주는 디딤돌이다. 절대로 포기하지 말라.

역경은 성공을 향한 시련이다

역경은 때로는 사람에게 쓰라릴 때가 있다. 그러나 순탄한 환경에서 사는 사람이 한 명 있다면 역경을 견뎌야 하는 사람은 백 명이나 될 것이다. -칼라일

프랑스 최고의 화가 르누아르는 나부(裸婦)와 소녀들을 풍만하고 매력적으로 표현한 작품을 많이 그려 르누아르 풍을 불러일으켰던, 세계적으로 명성이 높은 인상파 화가다. 그러나 그의 어린 시절은 매우 비참했다. 가난한 가정에서 태어난 그는 학교를 제대로 다니지 못하고 돈을 벌기 위해 도자기 공장의 공원으로 들어갔다. 그는 거기서 틈틈이 도자기에 그림을 그려 넣으면서 이 기회를 이용해 장차 화가가 되겠다고 이를 악물고 일했다. 그리고 마침내 그의 작품이 호평을 얻어 화가로 등단하게 되었다. 그러나 그는 그림을 제대로 그릴 수가 없었다. 심한 신경통으로 손이 떨려 손을 거의 사용할 수가 없었던 것이다. 결국 그는 붓을 손에 붙들어 매고 그림을 그리기 시작했다. 이 모습을 보고 한 방문객이 물었다.

"선생님, 이렇게 떨리는 손으로 어떻게 그런 멋진 그림을 그릴 수가 있습니까?"

그러자 르누아르는 태연하게 대답했다.

"그림은 손으로 그리는 것이 아닙니다. 눈과 마음이 가장 좋은 붓입니다. 교만한 붓으로 그린 그림은 생명력이 없지요. 지금 나에게 다가온 이 고통과 시련은 내게는 더없이 소중한 스승이랍니다."

어느 바닷가에서 갈매기 한 마리가 높이, 그리고 매우 멋지게 날고 있었다. 갈매기는 훼방을 놓는 안개와 비바람을 무수히 제쳤다. 그가 바라는 지점이 이제 얼마 남지 않았다고 생각했을 때였다. 난데없이 하늘에서 우박이 쏟아져 내렸다. 갈매기는 그만 날개에 우박을 맞고 모래밭으로 뚝 떨어지고 말았다. 겁이 나고 몸도 많이 지쳐서 다시 날기를 포기하고 있는 그에게 기러기가 다가와서는 물었다.

"너는 왜 다시 날지 않니?"

갈매기가 대답했다.

"하늘로부터 우박을 맞았어요. 아마도 하늘은 내가 더 높이 날아오르는 것을 바라지 않나 봐요."

기러기는 다시 말했다.

"나는 새들 가운데 우박 한 번 맞아보지 않은 새가 어디 있는 줄 아니? 문제는 너처럼 우박을 맞은 다음에 높이 날기를 아예 포기하는 데 있단다."

갈매기가 궁금하다는 듯이 물었다.

"그럼 우박을 어떻게 생각해야 하나요? 우박을 맞으면 땅으로 그냥 떨어져 몸을 다치거나, 영영 못 날 수도 있잖아요. 너무 무서운데."

"재난은 우리를 지금보다 강하게 해주는 거야. 그리고 결코 하지 못함의 통지가 아니라 약간 기간이 더 필요하다는 연기 통지인 거야. 그것을 걸림돌이 아닌 디딤돌이라고 생각해봐."

그러면서 기러기는 갈매기에게 물었다.

"청춘의 또 다른 이름이 뭔지 아니?"

갈매기가 고개를 저었다.

"결코 꺾이지 않음이야. 어떠한 어려움에도 굽히지 않고 꿋꿋하게 나아가는 도전 정신이지. 역경은 우리에게 이를 극복하고 더 크게 되라고 조물주가 주시는 선물이야. 용기를 가져."

기러기의 말을 듣고 고개를 쳐드는 갈매기의 눈동자에는 파도가 일렁거렸다. 기러기가 다시 말했다.

"그 우박은 널 주저앉히기 위해 떨어진 것이 아니야. 네가 다시 도전할 수 있느냐, 없느냐 하는 것을 알아보고자 함이지. 다시 한 번 용기를 내봐. 넌 할 수 있어."

갈매기는 있는 힘을 다해 다시 힘차게 날아오르기 시작했다.

만약 갈매기가 부정적인 생각으로 일관하면서 다시 날기를 포기했다면 그때부터 몸이 굳어지고, 나는 방법을 잊어 영원히 날 수 없는 새로 전락하고 말았을 것이다.

필자가 좋아하는 외국 노래 중에 오스트리아 민요인 '에델바이스(Edelweiss)'가 있다. '눈처럼 빛나는 순결은 우리의 자랑……'이란 가사 내용과 함께 이 꽃의 탄생 과정이 가슴 깊이 와 닿아서다. '소중한 추억'이란 꽃말을 가진 국화과의 에델바이스는 산악인들이 매우 반기는 꽃이기도 하다. 이 꽃은 주로 히말라야 산맥이나 알프스 산맥처럼 높은 산자락에 피어나기 때문이다. 작지만 강한 꽃으로 아주 추운 겨울에 깊은 산 바위틈 눈 속에서 탐스러운 꽃봉오리를 맺는다. 그러다가 훈훈한 봄바람에 눈이 녹으면 에델바이스는 그 청초하고 앙증스러운 자태를 드러낸다. 이 꽃은 흰 양털과 같은 부드러운 털이 많이 난 별 모양의 꽃으로, 유럽에서는 흔히 '알프스의 별'이라고도 부른다.

에델바이스는 시련을 극복해낸 인고의 꽃이다. 일교차와 추위가 심할수록 에델바이스는 더욱 신비로운 색을 발한다. 폭설과 강풍을 견뎌냈기 때문에 필자에게는 더욱 귀하고 아름답게 다가오는 것이다.

바이올린을 만드는 명장들은 일부러 알프스 산맥의 정상 부근에서 북풍을 맞아 남쪽으로 구부러진 나무를 재료로 선택한다고 한다. 모진 북풍과 혹한의 밤을 견뎌낸 나무가 보통 나무보다 훨씬 아름다운 소리를 낸다는 것이다.

인생의 아름다운 꽃을 피우려면 춥고 고독한 시련과 역경의 터널을 지나야 한다.

역경을 초월할 수 없는 삶이라면 살아도 살지 않는 것만 못하다. 산다는 것은 우리가 무엇인가를 창조하는 것이기 때문이다. 역경을 이기며 창조하는 삶을 살아가야 진정한 존재 가치가 부여되고, 산다고 말할 수 있는 것이다.

"나에게는 절대 불가능한 일이야", "그건 아무도 못해. 이건 정말이지 어쩔 수가 없어", "해봤자 소용없어", "너무 어렵다", "이걸 어떻게 해", "말도 안 돼" 등의 부정적인 말이나 사고는 절대로 하지 말자. 이런 부정적인 말들은 "난 안 할래", "난 자신 없어", 난 못해" 또는 "시간이 없어", "다른 할 일이 많아", "그러기엔 나는 너무 게을러"와 같은 핑계를 교묘하게 포장한 것에 지나지 않는다.

우리 인생에는 하는 일마다 잘 안 되고 힘들고 지치게 하는 역경(逆境)도 있고, 일이 술술 잘 풀리는 순경(順境)도 있다. 순경에 웃고 역경에 우는 것이 인간이지만, 역경에 처했다고 절망하기에는 우리의 인생이 너무나 소중하다. 역경을 자기 단련의 시기라고 생각해야 한다. 고대 로마의 수사학이자, 철학자인 세네카는 "불은 쇠를 단련시키고, 역경은 사람을 단련시킨다"라고 말했다.

사람들은 역경에 처하게 되었을 때 대체로 다음과 같은 세 가지 유형을 보인다.

첫째는 역경에 무너지고 마는 체념형이다. 이들은 대개 소극적이고 부정적인 사고를 갖고 있는 사람들로 역경을 만나면 그대로 주저앉아 버린다. 이들의 인생관은 비관적이고 염세적이어서 항상 부정적인 생각과 행동으로 일관한다. 그러다 보니 다른 사람보다 나은 인생을 살아가는 사람이 없다.

둘째는 역경을 피해가는 도피형이다. 냉소적이고 방관적인 사람들이 이 유형에 속하는데 이들은 일단 위기만 벗어나고 보자는 생각으로 가득 차 있다. 기회주의자라고 할 수 있다. 그러나 기회는 거저 오는 것이 아님을 이들은 모르고 있다. 시련을 피하기만 하는 사람에겐 영광의 면류관도 없다.

셋째는 역경에 당당히 맞서는 정면 돌파형이다. 이들의 생각은 긍정적이고 낙관적이다. 또한 창조적이고 진취적이다. 아무리 어려움이 닥쳐도 이를 헤쳐나가려고 하는 용기와 지혜를 끊임없이 발휘한다. 성공인들은 모두 이 타입의 사람이다.

세상을 살다 보면 자기 자신의 힘으로는 도저히 어쩔 수 없는 상황을 만나기도 한다. 누구나 예기치 않던 어려움에 처하게 될 때가 있는 것이다. 그러므로 이를 미리 준비해야 한다. 이럴 땐 강한 의지가 있어야만 자신이 처한 절망적인 상황을 벗어날 수 있다. 그러나 자기 자신의 어려움을 이겨내는 것에서만 끝난다면 곤란하다. 이것을 성공을 향한 에너지로 승화시켜나가야 한다. 고난을 당했을 때에도 절망에 빠질 필요는 없다. 고난의 싹이 사라지면 그 자리에 새롭게 희망의 싹이 피어오르기 때문이다.

중국 유교 경전의 하나인 주역에는 이런 말이 나온다.

"자벌레가 몸을 움츠리는 것은 몸을 펴기 위한 준비다. 뱀이 겨울에 조용히 엎드려 있는 것은 몸을 보존하기 위함이다. 사람도 이와 같아 일시의 불우는 후일 발전의 기초가 된다."

그렇다. 지금 힘들고 고달프고 절망에 빠져 있다고 해서 항상 그러한 상황이 지속되는 것은 아니다. 가장 섬세한 꽃은 가장 먼저 시들고 그 향기 또한 쉽사리 잃는다. 맛이 좋고 오래 가는 과일은 차갑고 메마른 땅에서 생산된다는 사실을 기억하자.

어둠이 가면 새벽이 오고, 쥐구멍에도 볕 들 날이 있듯이 반드시 성공의 기회는 온다. 겨울의 추위가 심할수록 이듬해에 돋아나는 새싹들이 한층 더 푸르고 싱싱하다. 사람도 수없는 좌절과 실패, 끊임없이 닥쳐오는 역경을 이겨내야만 한층 더 성공의 날개를 활짝 펼칠수 있다. 그러나 기회는 저절로 오는 것이 아니다. 그것은 "하늘은 스스로 돕는 자를 돕는다"라는 말처럼 노력하는 자에게만 다가온다는 점을 명심하자.

▶ 포기하지 말라

"우리는 역경으로부터 미래의 힘을 키울 방법을 배워야 합니다.

과거와 현재가 싸우도록 내버려 두면 미래를 잃게 될 것입니다.

나는 여러분에게 피, 수고, 눈물, 그리고 땀밖에 드릴 것이 없습니다.

자, 단합된 우리의 힘을 믿고 모두 전진합시다.

모든 고귀한 것에는 대가가 있습니다.

그 대가는 인내와 관용입니다.

우리는 흔들리지 않을 것이며 우리는 지치지 않을 것입니다.

우리는 비틀거리지도 실패하지도 않을 것입니다."

포기하지 말라! 포기하지 말라!

절대로! 절대로!

─윈스턴 처칠

성공 TIPS 역경은 희망의 또 다른 이름이고, 절망은 어리석은 사람들의 신음 소리다. 추운 겨울이 지나면 반드시 따뜻한 봄이 찾아온다. 희망을 잃는 것은 모든 것을 잃는 것이다. 역경은 그것을 극복하려는 의욕을 솟구치게 만든다. 그러므로 역경은 성공의 필수 조건이라고 할 수 있다. 불은 쇠를 단련시키고, 역경은 사람을 단련시킨다. 역경과 고통은 곧 희망의 재료다.

제 5 단계_**가치의 다리**

인생에 성공의 가치를 부여하자

자기는 유용한 재목이라는 자신감만큼 사람에게 있어서 유익한 것은 없다.

—앤드루 카네기

피할 수 없으면 즐기라

일이 즐거우면 인생은 낙원이다. 그러나 일이 의무라면 인생은 지옥일 수밖에 없다. 어차피 해야 할 일이라면 즐겁게 해야 한다. 그래야 인생이 즐겁게 펼쳐진다. -막심 고리키

1896년 상업적 경쟁에서 패배해 부도 직전의 상태였던 뉴욕 타임즈를 인수하여 세계적인 규모의 유력 일간지로 탈바꿈시킨 사람은 테네시 주 출신 언론인 아돌프 옥스다. 그는 뉴욕 타임즈를 국제적인 일간지로 만들기 위해 하루의 뉴스를 철저하게 보도하는 데 역점을 두었고, 외신란을 강화했으며, 신문에서 소설을 빼고 일요 잡지란을 추가하는 등 종합 전문 신문으로서의 격조를 높이려 노력했다. 그런 그가 성공한 후에 사람들에게 직업을 대하는 사람들의 유형을 분류하여 이야기로 들려주었는데 다음과 같다.

어느 나그네가 길에서 세 명의 석공을 만나게 되었다. 나그네가 그들에게 무슨 일을 하느냐고 물었더니 그 대답은 각양각색이었다.

첫 번째 사람은 "보시다시피 돌을 깨고 자르는 일을 하고 있소. 먹고살기 위해서 어쩔 수 없이 하는 거요"라고 대답하였다. 두 번째 사람은 "돈을 벌기 위해 공사장에 나와 일을 하고 있는데 일당이 너무 적어 불만이라오"라며 푸념하였다. 그런데 세 번째 사람은 밝고 명랑한 목소리로 자랑이라도 하듯이 "지금 근사한 사원(寺院)을 짓고 있습니다. 내가 지은 이 사원에 많은 사람이 찾아올 것을 생각하면 좀 더 잘 만들어야겠다는 생각이 듭니다"라고 대답했다. 그리고 그는 얼굴에 흐르는 땀을 손등으로 닦으며 이렇게 덧붙였다.

"석공은 무에서 유를 창조해내는 직업 아닙니까? 아무것도 아닌 돌덩이가 내 손을 거쳐 생명력 있는 작품으로 다시 태어납니다. 세상에 하나밖에 없는 작품을 만드는 것이지요."

이렇듯 같은 일을 해도 그것에 대한 이해와 인식은 마음가짐에 따라 사뭇 달라질 수 있다. 똑같은 일당을 받고, 똑같은 일을 하는 석공들이지만 자기 직업에서 느끼는 가치와 보람, 만족은 각자 이렇게 다른 것이다.

인간이 인생을 살아가는 그 자체의 완성도는 결국 저마다의 직업을 통해서 이루어진다. 인간의 욕구를 미국의 심리학자 에이브러햄 매슬로의 욕구 단계를 기준으로 하여 살펴볼 때, 인간은 대체로 가장 단계가 낮은 생리적 욕구로부터 시작해서 안전에 대한 욕구, 사회적 욕구, 인정받으려는 욕구, 그리고 궁극적으로 자아실현에 대한 욕구까지 다섯 단계의 욕구를 가지고 있다고 볼 수 있다. 그리고 이러한 욕구는 모두 직업을 통해서 충족되는 것임을 알 수 있다.

이런 점에서 볼 때 인간에게 있어서 오늘날 직장이라는 것은 삶의 터전인 동시에 기쁨과 보람의 장인 것이다. 그럼에도 불구하고 모든 직장인이 과연 직장을 통해 그리고 자신의 일을 통해 인생의 만족을 얻고 있는가 하는 점에 대해 생각할 여지가 많다.

위의 이야기에서 찾아볼 수 있듯이 세 사람 가운데 오직 세 번째 석공만이 자신의 직업에서, 그리고 자신의 일에서 기쁨과 보람을 누리고 있다. 이것은 결국 인간에게 보람과 기쁨을 주는 것은 직장이나 일 자체라기보다는 일에 종사하는 사람의 일에 대한 이해와 인식의 폭이 어느 정도인가에 달려 있다는 것이다.

데일 카네기는 성공인들의 삶의 형태를 분석하여 도출한 성공 방정식에서 "자신이 하는 일을 재미없어하는 사람 치고 성공하는 사람 못 봤다"라고 잘라 말했다.

제리 그린필드는 "하고 있는 일이 싫다면 재미가 없다면 왜 그걸 하고 있는 건가?" 스스로 자문해보기를 권유한다.

이런 점에서 직장인은 올바른 직업관 즉, 자신의 직업에 대한 확고한 신념이 있어야 한다. 직업이라는 것은 먹고살기 위한 수단으로써만이 아니라 자신의 인생을 의미 있게 살기 위해서도 필요하다는 사실을 인식해야 한다. 자신의 일을 즐기며 자율적으로 하는 것, 그것이 인생을 행복하게 만드는 비결이라고 할 수 있다.

생각하기에 따라 현실은 지옥같이 느껴질 수도 있고 천국처럼 느껴질 수도 있다. 긍정적이고 낙천적으로 일을 받아들이는 사람은 꾸준히 성취감을 맛볼 수 있으나, 부정적이고 회의적으로 일을 받아들이는 사람은 고달픈 인생살이의 연장선상에서 살아가게 된다. 직장인은 자신의 일을 열심히 해서 역할을 인정받고, 마무리한 일에 대해 성취감을 맛볼 수 있도록 노력하는 자세가 무엇보다도 중요하다.

그저 아무런 목적도 없이 마치 기계처럼 돌을 깨고 자르는 일에서나, 먹고살기 위해 돌을 쌓는 일 속에서는 아무런 기쁨과 보람을 찾을 수 없다. 열심히 일해서 얼마 후에는 꼭 훌륭한 사원을 만들겠다는 목적을 가진 사람만이 결국 일을 하는 과정에서, 그리고 그 일을 성취함으로써 기쁨을 누릴 수 있는 것이다.

또한 자신이 하고 있는 일 속에서 언제나 즐거움을 찾아야 한다. 집에서 난(蘭)을 키우거나 새벽에 낚시를 하러 가는 사람들에게는 그 일이 하나의 즐거움이다. 그러나 누가 시켜서 난을 키우거나 낚시를 하러 간다면 그것은 바로 자신에게 괴롭고 귀찮은 일이 된다. 일도 이와 마찬가지이기에 일에서 즐거움을 찾고, 그 속에서 성취감을 맛볼 수 있도록 자진해서 일을 하는 주인공이 되어야 한다. 일의 노예가 되면 그 순간부터 삶은 불행, 그 자체로 전락해버리는 것이다.

중국 격언에 "그대의 희망을 가로막는 장애물이 큰 것이 아니다. 그대의 희망을 실현해보려는 의지력이 약한 것이다. 모든 사물을 바르고 좋게 보는 혜안을 가져야 한다"란 말이 있다. 일을 피할 수 없다면 즐겨야 한다. 그것이 삶을 윤택하게 하면서, 머무는 그곳에서 성공의 자락을 움켜쥐는 첩경이기 때문이다.

일을 즐기면서 하면 마지못해서 하는 것보다 능률이 배 이상이나 올라간다는 매우 놀라운 분석 결과도 있다. 미국 하버드대학교 심리학 교수인 로젠달 박사가 일에 대한 능률을 조사하여 발표한 '1 : 1.6 : 1.6^2의 법칙'이 그것이다. 이 '1 : 1.6 : 1.6^2의 법칙'은 일을 할 때, 그에 임하는 자세와 열정에 따라 다르게 나타나는 일의 능률을 계수화한 것이다. 일을 지시대로 또는 그저 마지못해 할 경우의 능률 계수를 1이라 가정한다면, 그 일의 필요성을 미리 알고 난 후 일할 경우의 능률은 1.6, 그리고 일을 완전히 이해하고 적극적으로 할 경우에는 1.6^2 즉, 2.56배가 향상된다고 한다. 그만큼 일에 임하는 개개인의 사고와 자세는 일의 결과에 상당한 영향을 미치는 것이다. 따라서 일을 할 경우에는 무조건 즐겁게 열정적으로 해야 한다.

어차피 해야 할 일인데 인상을 찡그리면서 하면 일의 능률도 오르지 않을뿐더러 스트레스가 쌓여 건강에도 좋지 않은 영향을 미친다.

지금 이 순간부터 일에 대한, 직업에 대한 마음을 다시 잡자.

당신은 지금 당신이 머무는 그곳을 당신의 인생에 있어서 최고의 직장이요, 안식처라고 생각하면서 열정적으로 일해야 한다. 그래야 일에 대한 진정한 가치, 삶에 대한 올바른 가치, 자신에 대한 상품 가치를 드높이면서 성공의 자락을 움켜잡을 수 있다. 지금부터 나 자신의 가치를 최대로 올리고 일의 가치를 십분 드높이고 싶다면 행하고자 하는 모든 일에 열정을 가지고 최선을 다하라.

▶ 매일 암송해야 할 10가지 사고의 힘

당신 자신을 성공적이라고 생각하라.

당신 자신을 사랑스럽게 생각하라.

당신 자신을 매력적이라고 생각하라.

당신 자신을 친절하다고 생각하라.

당신 자신을 희망적이라고 생각하라.

당신 자신을 가치 있다고 생각하라.

당신 자신을 강하다고 생각하라.

당신 자신을 용기 있다고 생각하라.

당신 자신을 낙천적이라고 생각하라.

당신 자신을 항상 건강하다고 생각하라.

성공 TIPS 항상 자신의 일을 열심히 해서 역할을 인정받고, 마무리한 일에 대해 성취감을 맛볼 수 있도록 노력하는 자세가 무엇보다도 중요하다. 자신이 하고 싶어 하는 일에서는 언제나 즐거움을 얻을 수 있다. 일은 삶에서 가장 본질적인 요소다. 직업에 대한 확고한 신념을 가지고 즐겁게 일하자. 반드시 해야 할 일이라면 무조건 즐겁게 처리해나가자.

시간은 금보다 귀한 선물이다

똑같이 출발했는데 세월이 지난 뒤에 보면 어떤 사람은 뛰어나고 어떤 사람은 낙오자가 되어 있다. 이 두 사람의 거리는 좀처럼 좁힐 수 없는 것이 되어버렸다. 이것은 하루하루 주어진 시간을 누가 잘 이용하고, 헛되이 보냈는지의 결과다. -벤저민 프랭클린

1800년대 초 프랑스의 나폴레옹 황제와 전쟁이 한창인 어느 날 영국의 한 관리가 연합군 사령관인 웰링턴 공작을 찾아갔다. 그때 공작은 외출 준비를 하고 있던 중이었다. 그래서 공작은 관리에게 런던 다리에서 오후 세 시에 만나기로 약속을 하고, 제시간에 정확히 도착했다. 그런데 상대방 관리는 5분 늦게 나왔다.

웰링턴 공작이 언짢은 표정을 짓자, 관리는 웃으며 "겨우 5분밖에 안 늦었습니다"라고 말했다. 그러자 웰링턴 장군은 정색을 하며 "겨우 5분이라니, 그 5분 사이에 우리 군대는 전멸하게 될지도 모르네"라고 말했다.

얼마 후에 관리는 공작과 다시 약속하게 되었다. 그날 관리는 공작보다 5분 빨리 와서는 "오늘은 제가 5분 일찍 왔습니다"라고 자랑

스럽게 말했다. 그러자 장군은 "자네는 시간의 가치를 전혀 모르는군. 잠깐 사이에 일어날지도 모를 중대한 일을 생각하면 단 10초라도 아까운 판인데 5분씩이나 낭비하다니······" 하고 꾸짖었다. 그 말을 들은 관리는 아무 말도 못 하고 고개만 숙였다.

웰링턴 공작으로부터 시간의 소중함을 배운 관리는 그 뒤로 시간 관리에 철저한 사람이 되었다.

위 이야기는 시간 관리의 중요성을 깨우쳐 주는 일화다.

간혹 약속 시간을 밥 먹듯이 어기면서도 미안한 줄 모르는 얌체 같은 사람이 있다. 내가 늦으면 상대방은 그만큼 시간을 잃는다는 것임을 너무도 간과하는 몰지각한 사람이 있다. 당신은 이러한 사실을 인식하면서 대인관계를 맺어나가야만 서로에게 이익이 되는 소중한 존재로 부각될 수 있는 것이다.

프랑스의 수상이 되었던 에리오가 시장으로 있을 때, 시장의 파티에 초청된 외국의 명사들이 "프랑스 사람들은 과연 시간을 금처럼 이용하는군요"라고 칭찬을 했다. 그러자 에리오 시장은 "시간은 금보다 귀합니다. 시간은 시간인 것입니다"라고 했다고 한다.

인도의 독립을 위해 일생을 바쳤던 비폭력, 무저항주의의 상징인 간디가 대영제국의 식민지하에 있던 조국 인도의 독립을 의논하기 위해 각료 회의를 주관했을 때의 일이다. 몇몇 각료가 시간을 지키지 않고 지각하는 바람에 회의가 예정보다 약 30분 정도 늦게 시작되었다. 잠시 후 자리가 대충 정리되자 회의 주관자인 간디는 엄숙하고 강건한 어조로 각료들을 향해 다음과 같이 질타했다.

 "오늘 회의에 몇 명의 각료가 게으름을 피워 우리 조국 인도의 독립은 무려 30분이나 더 늦어지고 말았습니다. 시간은 자신에게 있어서 가장 소중한 재산인 것입니다."

위 두 일화는 20세기 최후의 지식 경영 르네상스인이라 불리우는 피터 드러커 박사가 평소에 시간의 소중함을 역설할 때 자주 인용했던 예화다.

그는 "시간은 과거도 미래도 아닌 현재 시제이다. 지금 이 순간은 지나면 다시 돌아오지 않는다. 매일 매일은 새로운 시작이다. 세상에서 가장 큰 선물은 시간이다"라고 했다.

그렇다. 흘러간 시간은 다시 돌아오지 않는다. 그래서 시간은 금보다 더 소중한 것이다. 1분, 2분이라도 하찮게 생각해서는 안 된다.

시간이란 어떤 것으로도 바꿀 수 없는 재산이다. 시간을 가지면 모든 것이 가능하다. 시간이 없이는 그 어떤 것도 가능하지 않다.

말단 세일즈맨에서 출발하여 일약 세계적인 갑부가 된 미국의 성공 컨설턴트인 레스터 로즌은 평소 강연회를 가질 때 시간의 가치에 대해 쇠붙이가 변하는 과정을 예로 들면서 이렇게 말했다.

"철을 녹여 만든 평평한 막대기는 5달러다. 그런데 이 막대기를 만든 똑같은 철로 말발굽을 만들면 10달러 50센트고, 바늘을 만들면 353달러다. 칼날을 만들면 3,285달러고, 시계에 들어가는 평형 스프링을 만들면 25만 달러나 된다. 시간도 이와 마찬가지다. 어떤 사람은 한 시간 동안 말발굽을 만들고, 어떤 사람은 똑같은 한 시간 동안 바늘을 만든다. 적은 수의 사람들만이 칼날로 만드는 방법을 안다. 그리고 아주 극소수의 사람만이 이 황금 같은 한 시간을 탄력 좋은 시계 스프링으로 만드는 노하우를 갖고 있다. 이렇듯 시간이라는 재료는 당신이 어떻게 이용하느냐에 따라 그 가치의 차이가 천차만별로 다르게 나타나는 것이다."

그대는 인생을 사랑하는가? 그렇다면 시간을 낭비하지 말라. 왜냐하면 시간은 인생을 구성하는 재료라고 할 수 있기 때문이다.

아침에 일어나 신선한 공기와 맑은 하늘을 보라! 당신의 맥박은 24시간으로 가득 차 있다. 당신만의 것이다. 시간은 우리가 소유하는 것 중에서 가장 귀한 것이다. 아무도 빼앗아갈 수 없다. 훔칠 수도 없다. 어느 누구도 당신보다 더 받거나 덜 받을 수도 없다. 시간의 세계에서는 빈부나 귀천의 격차도 없다. 상명하복의 관계도 없다. 천재라고 해서 한 시간이 더 주어지는 것이 아니다. 어떤 차별도 있지 않다. 당신이 충분히 시간을 낭비했다고 해서, 미래의 시간 공급이 중단되지 않는다. 그것은 단지 지나가는 시간이었을 뿐이다. 그러나 내일을 낭비할 수는 없는 일이다.

당신은 시간의 가치를 어떻게 생각하는가? 약속 시간은 정확하게 지키는가? 혹시 시간을 낭비하지는 않는가? 음식을 맛깔스럽게 만들려면 재료의 배합을 잘해야 하듯이 시간이라는 요소도 어떻게 배합하느냐에 따라 그 가치가 확연히 다르게 나타난다. 누구나 똑같이 출발을 해도 항상 일등과 꼴찌는 존재하게 되어 있다. 나에게 주어진 시간을 얼마만큼 적절하게 활용하는가에 따라 인생의 성패가 좌우되는 것이다.

시간을 아끼고 잘 활용하는 지혜로운 생활을 하도록 하자.

▶ '오늘'은 당신에게 주어진 최고의 '선물'

일 년의 소중함을 알고 싶으면 입학 시험에서 떨어진 학생들에게 물어보세요. 일 년이라는 시간이 얼마나 짧은지 알게 될 겁니다.

한 달의 소중함을 알고 싶으면 미숙아를 낳은 산모에게 물어보세요. 한 달의 시간이 얼마나 힘든 시간인지 알게 될 겁니다.

한 주의 소중함을 알고 싶으면 주간지 편집장에게 물어보세요. 한 주의 시간이 쉴 새 없이 돌아간다는 걸 알게 될 겁니다.

하루의 소중함을 알고 싶으면 자녀가 다섯이나 딸린 일일 노동자에게 물어보세요. 하루 24시간이 정말로 소중한 시간이라는 걸 알게 될 겁니다.

한 시간의 소중함을 알고 싶으면 약속 장소에서 애인을 기다리는 사람에게 물어보세요. 한 시간이라는 시간이 정말로 길다는 걸 알게 될 겁니다.

일 분의 소중함을 알고 싶으면 기차를 놓친 사람에게 물어보세요. 일 분의 시간이 소중하다는 걸 알게 될 겁니다.

일 초의 소중함을 알고 싶으면 간신히 교통사고를 모면한 사람에게 물어보세요. 일 초의 시간이 사람의 운명을 판가름할 수 있는 시간이라는 걸 알게 될 겁니다.

천 분의 일 초의 소중함을 알고 싶으면 올림픽에서 아쉽게 은메달을 딴 사람에게 물어보세요. 천 분의 일 초라는 시간 속에서 여러 가지 생각을 할 수 있다는 걸 알게 될 겁니다.

당신이 가지는 모든 순간을 소중히 여기십시오. 또한 당신에게 너무나 특별한, 그래서 시간을 투자할 만큼 소중한 사람과 시간을 공유했다면 그 순간은 더욱 소중합니다.

시간은 아무도 기다려주지 않는다는 평범한 진리, 어제는 이미 지나간 역사며, 미래는 누구도 알 수 없는 신비입니다. 오늘이야말로 당신에게 주어진 선물입니다. 그래서 우리는 현재(Present)를 선물(Present)이라고 부릅니다.

－더글러스 아이베스터

▶ 인생의 가치와 시간

누가 돈을 빌려달라고 했을 때 쉽게 돈을 빌려줄 사람은 별로 없지만 시간을 빌려달라고 하면 대개 선뜻 응하게 된다. 돈을 아끼는 것처럼 시간을 아낀다면 그는 자신을 위해 많은 일을 할 수 있을 것이다. 영원히 살 수 없는 우리의 생(生)! 시간은 그것을 활용하는 사람에 따라 아주 다른 면을 보여준다.

잠 못 이루는 자에겐 밤이 길고, 지친 자에겐 길이 먼 법이듯이 인생의 가치는 시간을 어떻게 활용하는가에 따라 판가름 난다.

시간은 쌓을 수는 없지만 충실히 보낼 수는 있다. 하루하루의 일과를 성실히 수행한다면 그것이 바로 시간을 쌓아두는 일이다. 밤이 어둡다고 불평하기보다는 한 자루의 촛불을 켜는 게 낫다.

－「법구경」 중에서

가장 가치 있는 시간은 최선을 다한 시간이고 가장 귀중한 시간은 지금, 바로 이 순간이다. 나 자신과 상대방의 시간을 아끼고 배려할 줄 알아야 한다. 아름다운 일로 하루하루를 장식하면서 귀한 시간을 보내도록 하자. 오늘 하루는 우리에게 주어진 그 어떤 것보다도 소중한 선물이므로 '오늘'이라는 선물은 받는 즉시 유용하게 활용해야 한다. 신비로운 미래의 빗장을 기대 어린 표정으로 힘차게 열려면 오늘 하루를 알차게 보내야 한다.

나이가 결코 성공에 장벽이 될 수는 없다

사람은 나이를 먹는 것이 아니라, 좋은 포도주처럼 익는 것이다. —웬들 필립스

2000년 1월 4일, 미국 백악관 오벌오피스 기자 회견장에는 빌 클린턴 대통령과 함께 검고 굵은 안경테를 쓴 74세의 노인이 들어서고 있었다. 클린턴 대통령은 등이 약간 구부정한 노인을 한 번 바라보고는 연설문을 읽어 내려갔다.

"이 분은 미국 경제를 성장 궤도에 올려놓는 데 결정적인 역할을 했으며 앞으로 할 일이 더 있습니다. 이 분의 지혜와 리더십은 미국뿐만 아니라 전 세계에 확신을 안겨주었습니다. 그래서 사실상 이 분을 제외하고는 어느 누구도 후보 반열에 오르지 않았습니다."

클린턴 대통령이 지칭한 이는 회견 내내 무표정한 얼굴로 앉아 있던 앨런 그린스펀이었다. 이 기자 회견의 주인공이자 압도적인 지지로 미국 경제를 이끌고 갈 FRB(미연방준비제도이사회)의 의장인

그는 그로부터 4년 뒤인 2004년 1월 18일, 조지 W. 부시 미국 대통령에 의해 FRB 의장으로 재지명됐다. 부시 대통령은 이날 성명을 통해 "그린스펀은 FRB 의장으로서 뛰어난 업적을 쌓았으며, 그의 책무에 크고도 지속적인 신뢰를 갖고 있다"라고 말했다. 이로써 그린스펀은 1987년 로널드 레이건 전 대통령에 의해 폴 볼커 FRB 의장 후임으로 임명된 이래 네 명의 대통령을 맞이했으며, 임기 4년인 FRB 의장직을 5회에 걸쳐 연임하게 되었다. 그가 다섯 번째로 의장직에 임명된 2004년, 그의 나이는 78세였다.

그린스펀의 유임이 발표되자 각계에서 이에 대한 논평이 잇따랐다. 2004년 미국 정계의 실력자인 존 매케인 공화당 상원의원은 그를 가리켜 "만약 그린스펀이 죽기라도 한다면 검은 안경을 씌워 사람들이 그의 사망을 모르게 한 뒤 가능한 한 오래 의장직에 있도록 하겠다"라고 칭송하였다. 그에게는 '경제 대통령', '세계 경제를 주름잡는 마법사', '시장 지배자', '미국 경제의 조타수' 등 수많은 수식어가 따라다녔다. 또한 그린스펀의 말 한마디가 세계 시장에 미치는 영향력이 매우 극대하다 하여 '그린스펀 효과(The Greenspan Effect)'라는 말도 생겼다. 팔순의 노령임에도 불구하고 이렇게 왕성한 활약을 보이고 있는 그는 미국 월가에서 '경제의 신'이라고 불릴 정도로 미국 경제 최대의 실력자다.

그가 이처럼 모든 사람의 존경을 받으면서 세계 경제를 좌지우지하는 위치에서 근 20년간을 군림할 수 있었던 원동력, 즉 성공의 동인은 끊임없는 향학열과 어느 한쪽으로 치우치지 않는 확고한 자기 관리에 있었다. 그는 경제 문제를 정치에 이용하려는 정치권의 요구에 저항하면서 원칙을 고수하는 고집을 갖고 있었다. 또한 고령에도 불구하고 참모들이 작성한 보고서에 의존하지 않고, 직접 자료를 챙기는 철저함도 오늘의 그를 있게 한 하나의 원인이었다. 이처럼 소신과 고집, 철저함으로 만들어진 그린스펀 의장의 영향력은 '그린스펀 효과' 라는 신조어까지 만들어낸 것이다.

"한 치 앞을 바라볼 수 없는 상황이 끝없는 지적 호기심을 일으킨다."

미국인들에게 깊은 감명을 주고 있는 이 한마디는 바로 그린스펀이 인생을 살아오면서 늘 가슴속에 담고 실천에 옮겼던, 그래서 오늘날의 그를 있게 한 그의 좌우명이다. 그는 평소 나이와 능력, 성공 사이에는 아무런 함수 관계가 없다고 갈파했다. 단지 본인이 어떻게 인생을 설계하고 얼마나 뚜렷한 목표를 가지고 지조 있게 살아가느냐가 중요하다고 했다. 고령의 노인에게 세계의 경제인들이 왜 이처럼 엄청난 찬사와 존경심을 쏟아내고 있는지 충분히 이해가 될 것이다.

유명한 정치가와 철학자, 과학자, 기업가, 작가, 예술가들을 보면 대개 젊었을 때보다는 정년을 훌쩍 넘겼음직한 나이에 왕성한 의욕을 보여 더 훌륭한 업적을 남기는 경우가 많다.

괴테가 지은 유명한 희곡인 〈파우스트〉는 그가 전 생애를 걸쳐 쓴 대작으로 독일 문학의 기둥이 되었다. 그는 이 작품을 1790년에 시작해서 1831년에 완성하였다. 초고를 쓴 지 무려 42년 만에 완성한 것이며, 그때 그의 나이는 82세였다. 그는 이 작품을 완성한 후 1년 만인 83세에 자신의 할 일을 다했다는 듯이 조용히 생을 마감했다.

탁월한 식견과 논리로 경영학의 비전을 제시해 경영학의 아버지라 불리우고 있는 세계 경영계의 거두 피터 드러커는 현재 우리나라 나이로는 96세나 되지만 세계를 돌아다니면서 강의와 집필 활동을 계속하고 있다. 그는 스스로 은퇴하지 않는 의지력의 소유자라 할 수 있다.

프리 에이전트 시대, 전문 직업으로 떠오르고 있는 보험 설계사 중 연봉 1억 원이 넘는 사람은 자그마치 7,000명이 넘는데 이들의 연령을 분석해본 결과 그들의 소득과 나이는 아무런 상관관계가 없다고 한다. 오히려 60대 설계사들의 평균 소득이 젊은 설계사들보다 높으며, 미국과 일본의 경우도 이와 유사하다고 한다. 젊다고 자만하거나, 나이 들었다고 소심해질 필요는 없다. 얼마나 열정적으로 인생을 설계하느냐가 더 중요한 것이다. 참고로 역사적으로 나이를 먹어서도 왕성한 활동력을 발휘하여 업적을 남긴 유명한 사람들을 살펴보면 다음과 같다.

테네시 프랭클리에 거주하던 데이비드 레인은 99세에 글을 깨쳤다.
피아니스트 미에치슬라프 호르초프스키는 99세에 새 앨범을 냈다.
도예가 베아트리체 우드는 98세에 마지막 작품 전시회를 열었다.

마틴 밀러는 97세에 노인들을 위한 로비스트로서 풀타임으로 일했다.

무용 안무가 마사 그레이엄은 96세에 마지막 공연을 위한 무용을 안무했다.

여배우 다임주디스 앤더슨은 93세에 1시간 동안 무대에서 열연했다.

홀다 크로스는 91세에 미국 대륙에서 제일 높은 휘트니 산을 정복했다.

알만드 해머는 91세에 서양 석유계를 이끈 장본인이었다.

메리 베이커 에디는 87세에 〈크리스천 사이언스 모니터〉를 창간했다.

에드 벤함은 84세에 4시간 17분 51초 만에 마라톤을 완주했다.

아모스 아론조 스테그는 84세에 퍼시픽 미식 축구 팀의 코치였다.

소아과 의사 벤저민 스포크는 83세에 세계 평화를 위해 데모하다가 플로리다에서 체포되었다.

도리스 이튼 트래비스는 88세에 오클라호마대학교에서 역사학을 전공하여 마침내 졸업장을 손에 넣었다.

캐서린 펠턴은 86세에 200m 접영을 3분 1.14초 안에 완주했는데, 그것은 60세 남자의 최고 신기록보다 22초 빠른 기록이었다.

제임스 맥케이는 84세 되던 해에 공무원 시험에 합격했다.

육상 선수인 멀린 오티는 실력은 있으면서도 올림픽 경기에서 번번이 우승의 영광을 놓쳐 '비운의 흑진주'라는 별명을 얻었다. 자메이카 출신인 그녀는 슬로베니아로 국적까지 바꿔가면서 2004년 아테네 올림픽에 일곱 차례 연속 출전했는데 그때 그녀의 나이는 만 44세였다. 2000년 시드니 올림픽까지 여섯 차례 연속 올림픽에 참가해 은 세 개, 동 다섯 개로 총 여덟 개의 메달을 획득했지만, 금메달과는 인연이 없었다. 금을 놓친 한을 풀겠다며 육상 100m와 200m를 목표로 운동화 끈을 바짝 조였던 오티는 불혹을 훌쩍 넘긴 나이에도 "슬로베니아는 내가 스물다섯 살이든, 마흔네 살이든 상관하지 않는다. 오로지 최선을 다해 뛸 수만 있다면 좋다"라며 나이가 무색하게 역주를 다짐했다. 하지만 아쉽게도 세월의 무게를 이기지 못하고 끝내 원했던 금메달을 목에 거는 데는 실패했다. 그러나 그녀의 '젊은 정신'은 단연 아테네를 뜨겁게 달구었다.

비록 우승은 못 했지만 오티 선수가 딸뻘의 다른 나라 선수들과 어깨를 나란히 하며 달리는 것을 보면서 온 세계 사람들은 존경의 박수를 아낌없이 보내주었다. 육상 경기에서 44라는 나이는 꽤 노령에 속하기 때문이다. 그러나 오티는 나이는 문제될 게 없다는 듯이 불굴의 투혼을 발휘하면서 무려 28년 동안이나 국가대표 선수로 활약했다. 그녀는 "정신적, 육체적으로 모두 힘든 상황이었지만 나는 끝까지 최선을 다해 이 올림픽 무대에 섰다. 내가 이곳 올림픽 무대에 다시 돌아왔다는 것만으로도 매우 기쁘다"라고 올림픽에 참가

한 소감을 말했다.

우승보다는 참가하는 것 자체만으로도 의의가 있다는 올림픽 정
신을 구현하는 아름다운 모습이었다. 끝끝내 올림픽 금메달을 목에
걸지 못한 비운의 흑진주 멀린 오티! 그러나 그녀는 육상 선수로서
나이를 잊고 올림픽에 일곱 차례나 참가한 영원한 메달리스트로 세
인들에게 기억될 것이다.

성공하는 사람과 실패하는 사람은 불행하고 힘든 시절에 어떠한 마음 자세로 임하느냐에 따라서 나누어진다.

자, 당신도 밤하늘에 빛나는 당신을 향한 성공의 등불을 밝혀보라. 아직 늦지 않았다. 당신은 꼭 성공해야만 할 이유가 있고, 성공은 저 높은 곳에서 나를 기다리고 있지 않은가? 땀 흘려 일하면 지금 가진 야망의 등불보다도 훨씬 더 크고 높은 성공의 등불 하나를 밝힐 수 있다. 사람이 늙는 것은 나이를 먹어서가 아니다. 꿈을 잃어 늙는 것이다.

나이는 숫자에 불과하다. 오히려 나이가 많은 사람이 일을 더 잘할 수도 있다. 육체적인 나이야 어쩔 수 없겠지만, 생각이나 의지력은 물리적인 나이와는 전혀 상관이 없다. 나이는 경력을 말해주고 숙련된 솜씨를 유감없이 보여줄 수 있는 상징이 되기도 한다. 스스로 늙었다는 의식만 하지 않는다면 나이는 그 무엇보다도 소중한 자산이 될 수도 있다. 나이가 들어서 못 하는 게 아니라 스스로 의지를 꺾기 때문에 못 하는 것이다.

나이를 탓하지 말고 내 능력을 탓하면서 지금부터라도 능력 개발과 자기 계발에 매진하자. 그리고 건강 관리에 힘쓰자. "돈을 잃으면 조금 잃는 것이고, 명예를 잃으면 많이 잃는 것이며, 건강을 잃으면 전부를 잃는 것이다"라고 했듯이 성공의 저변에는 반드시 건강이라는 인프라가 깔려 있어야 한다. 평소 건강 관리에 신경을 쓰면서 내 인생의 아젠다를 세우고 로드 맵을 형성하여 힘차게 정진하자.

▶ 인생의 진정한 가치

장수는 오래 사는 것만을 뜻하지 않는다. 업적이 남아 빛나면 장수다.

용기는 잘 나서는 것만이 아니다. 갖고 싶은 마음을 버리는 것도 큰 용기다.

아름다움은 외모에만 있는 것이 아니다. 진정한 아름다움은 가슴속에서 흘러나오는 향기다.

지식은 머릿속에 차곡차곡 쌓아놓은 앎이 아니다. 이웃과 함께 나눌 수 있는 만남인 것이다.

절은 공경의 뜻만이 아니다. 자신을 낮추는 겸손의 익힘이기도 하다.

성공은 많이 모은 이에게만 붙는 낱말이 아니다. 자기 분야의 일에 대해 남이 인정해주는 그 일컬음이다.

사람은 인생을 어떤 방법으로 살아야 하는지를 평생을 통해 배운다. 또한 사람은 어떻게 죽는 것이 좋은지를 배우기 위해서도 평생을 보낸다.

인간은 항상 시간이 모자란다고 불평을 하면서 마치 시간이 무한정 있는 것처럼 행동한다.

인생은 짧은 이야기와 같다. 중요한 것은 그 길이가 아니라 값어치다.

―*L. A. 세네카*

성공 TIPS 인생을 성공적으로 가꾼 사람의 말년은 너무도 행복해 보이지만, 그렇지 못한 사람의 노년은 매우 초라해 보인다. 지금 당장 호경기라고 마냥 좋아하기만 해선 안 된다. 늘 불경기를 대비해야 한다. 권불십년(權不十年)이요, 화무십일홍(花無十日紅)이라 했다. 있을 때는 저축하고 모으고 가다듬고 베풀어야 한다. 저녁

노을이 지는 석양을 바라보면서 내 인생의 황혼이 아름답게 물들어가고 있음을 깨닫는 그런 삶을 살아야 한다. 언제나 아름다운 꿈을 갖고 이를 달성하려는 자세를 견지해야 한다.

당신의 미래는 어떤 모습일까?

이 세상에 태어나서 한 번도 좋은 생각을 갖지 않은 사람은 없다. 다만 그것이 계속되지 않았을 뿐이다. 어제 맨 끈은 허술해지기 쉽고, 내일은 풀어지기 쉽다. 나날이 끈을 다시 여며야 하듯, 사람도 결심한 일은 나날이 거듭 여며야 변하지 않는다. -제임스 밀

몇 해 전 미국의 하버드대학 심리학 연구소에서 40년간 일을 한후 65세에 은퇴를 한 퇴직자들을 대상으로 설문 조사를 했다. 그런데 정년퇴직한 사람들 대부분이 인생에서 성공하지 못했다고 한다. 이들의 삶의 형태를 분석한 결과 정년퇴직자들은 대개 다음과 같은네 가지 유형의 삶을 영위하는 것으로 나타났다.

첫째, 웰빙 노인형
퇴직 후에도 남에게 의존하거나 얽매이지 않고 최고의 부와 명예를 누리며 떳떳하게 살아가는, 홀로 서기가 가능한 노인형이다. 즉인생을 성공적으로 살아 노후를 남부럽지 않게 안락하고 풍요롭게살아가고 있는 사람들로서 설문 응답자 중 3% 정도를 차지하였다.

둘째, 살 만한 노인형

생활에 별 불편 없이 퇴직 전과 마찬가지로 여생을 편안하게 사는 노인형으로 응답자 중 10%를 차지했다. 큰 성공인이라 할 수는 없지만 스스로 성공했다고 자위하면서 남들 앞에서 떳떳하게 살아가는 사람들이다.

셋째, 간신히 사는 노인형

경제적인 여유 없이 근근이 하루하루를 겨우 살아가는 노인형이다. 이들은 응답자 중 절반이 넘는 60%로 대다수의 퇴직자들이 이에 해당하는 것으로 밝혀졌다.

넷째, 빌붙어 사는 노인형

경제적으로 빈곤해서, 또는 몸이 아파서 혼자서는 도저히 살 수 없는 무기력한 노인들을 말한다. 이들은 응답자 중 27%에 해당하는데 자선단체나 구호 기관, 양로원 등 남의 도움 없이는 살 수 없는 노인들이었다.

이 연구소는 "왜 이런 결과가 나왔는가?"를 연구하기 위해 역으로 이들을 만나 다시 심층 조사를 했다고 한다. 그런데 매우 흥미로운 사실은 이 네 가지 유형의 노인들이 젊었을 때 각기 다른 인생관을 갖고 있었다는 점이다.

첫 번째 유형인 '웰빙 노인형'은 젊어서부터 목표를 구체적으로 세워 이를 글로 적어놓고는 날마다 다짐하고 적극적인 행동으로 옮겼다고 답했다.

두 번째 유형인 '살 만한 노인형'은 나름대로 인생의 목표는 있었지만 그것을 글로 써놓지 않아 이를 제대로 실천하지 못했다고 술회했다. 머릿속으로만 인생의 목표를 그려놓고 실천해왔던 것이다.

세 번째 유형인 '간신히 사는 노인형'은 인생에서 성공해야겠다는 목표는 있었지만 막연히 생각만 했지 실천하지 못해 그 꿈은 단지 백일몽에 지나지 않았다고 아쉬워했다.

마지막으로 '빌붙어 사는 노인형'은 인생에 있어 목표는 고사하고 꿈조차 없었다고 말했다. 그날그날 뚜렷한 계획 없이 되는대로 살아왔던 것이다. 그 결과 그들은 노후에 그럭저럭 살아가지도 못하고 남에게 손을 벌려야만 살 수 있는 비참한 신세로 전락하고 만 것이다.

이 조사 결과는 인생을 얼마나 계획적으로 살아가야 하는가를 단적으로 보여주는 사례라 할 수 있다.

실제로 우리나라의 경우를 보더라도 독자적으로 풍요롭게 살아가는 노인들보다는 국가의 복지 제도에 기대 그럭저럭 살아가는 노인들이 훨씬 많다. 그러다 보니 이제 노인 문제는 사회 문제로까지 대두되고 있다. 이러한 사실을 근거로 하여 미국의 한 연구 기관에서 미래의 경제적 상태를 예측했는데 그 결과가 매우 흥미롭다.

"현재 25세인 100명의 젊은이가 65세가 되었을 경우를 예측해보면, 1명은 부자가 됐을 것이고, 4명은 경제적 자립이 가능할 것이다.

5명은 아직도 일을 계속하고 있을 것이고, 7명은 이미 사망했을 것이며, 63명은 경제적 빈곤을 면치 못할 것이다."

이 조사는 우리에게 시사하는 바가 매우 크다. 우리가 노후를 어떻게 맞이하려고 하는가에 따라 조금이라도 젊었을 때의 삶의 자세가 달라질 수 있다는 것을 역설적으로 보여주는 것이다. 즉 젊었을 때보다 아름다운 노후를 맞이하기 위해서는 철저한 인생 계획을 수립하여 실천해야 한다는 것을 명시적으로 보여준 것이라 할 수 있다.

따라서 우리는 인생의 가을을 대비하는 지혜를 가져야 한다. 가을은 곡식을 심고 가꾸어야 알찬 수확을 거둘 수 있다는 자연의 법칙을 가르쳐주는 계절이다. 인간이 살아가는 삶의 단계도 계절의 흐름과 같아서 봄과 같은 유아기와 아동기가 있는가 하면, 왕성하게 자라는 여름과 같은 청년기가 있고, 가을과 같은 인생의 성숙기가 있다. 공부나 사업이나 모든 일이 그렇다. 인생을 알차게 꾸며나간다면 인생의 가을을 대비하는 지혜로운 삶을 살 수 있을 것이다.

중국 송나라 학자인 주신중은 우리 인생은 반드시 다섯 가지의 계획, 즉 인생 5계(計)를 세워 실천에 옮겨야만 한다고 말했는데 그 내용을 살펴보면 다음과 같다.

첫째, 생계(生計)
어릴 때부터 건강한 생명력을 기르는 계획을 세운다.

둘째, 신계(身計)

열심히 공부하여 사회에 도움을 주는 능력을 갖추는 계획을 세운다.

셋째, 가계(家計)

결혼하여 자식을 얻고 훌륭한 가정을 만드는 계획을 세운다.

넷째, 노계(老計)

안정되고 풍요로운 노후 생활을 보내기 위한 계획을 세운다.

다섯째, 사계(死計)

인생의 총결산을 아름답게 하기 위해 죽음을 준비하는 계획을 세운다.

우리 인생은 라이프 사이클에 따라 행복을 도모하는 순환 방정식이라고 할 수 있다. 모든 사람은 그 삶을 살아가는 데 일정한 라이프 사이클과 라이프 스테이지를 거쳐야 한다. 사람이 태어나 어느 정도 규모 있게 살아가려면 다섯 가지 계획을 세워 실천해야 한다.

인생이란 자신이 하고자 하는 일을 항상 계획하고 목표를 세우며 이를 수행하는 노력의 과정이다. 그 계획한 바가 뜻대로 이루어지면 우리는 보람과 기쁨을 느끼게 된다.

장수 시대, 우리는 누구나 노후를 편안하고 즐겁게 맞이하고 싶지만, 소망과 현실 사이에는 그 차이가 너무도 심하다. 활동이 가능한 젊은 시기에 가족이 경제적으로 풍족할 수 있도록 소득을 올리고, 나이 들어 은퇴할 때에는 안락하고 편안한 노후를 맞이하고 싶은 것이 모든 사람의 공통된 소망이다. 그러나 행복한 미래는 결코 우연히 오지 않는다. 치밀한 인생 계획과 그것을 실천하는 결단과 희생이 필요하다.

당신은 65세가 되었을 때에 과연 어느 그룹에 속해 있을까? 어느 그룹에 속하고 싶은가? 당신은 인생의 계획표를 세우고 실천하며

하루 하루를 살아가고 있는가? 당신은 당신의 미래가 어떤 모습으로 다가오길 원하는가? 당신의 인생 목표가 무엇인가? 당신은 당신의 인생 목표를 위해서 무엇을 어떻게 하고 있는가?

아직 인생 목표가 정립되지 않았다면 지금 이 순간 심혈을 기울여 인생의 목표를 알차게 세워보자. 아직 앞길은 창창하다. 각자 인생의 목표를 세우고 그 목표를 향해 지금은 비록 힘들더라도 꿋꿋이 나가보자. 고지가 바로 저긴데 여기서 머물 수는 없지 않은가?

그렇게 하면 바로 지금 이 순간부터 당신은 피동적이며 수동적 인간에서 벗어나 무대의 주인공으로서 피날레를 장식할 수 있을 것이다.

▶ 내 인생의 계획

난 인생의 계획을 세웠다. 청춘의 희망으로 가득한 새벽빛 속에서 난 오직 행복한 시간만을 꿈꾸었다. 내 계획서엔 화창한 날들만 있었다. 내가 바라보는 수평선엔 구름 한 점 없었으며 폭풍은 신께서 미리 알려주시리라 믿었다. 슬픔을 위한 자리는 존재하지 않았다. 나는 내 계획서에 그런 것들을 마련해놓지 않았다. 고통과 상실의 아픔이 저 아래쪽에서 기다리고 있는 걸 나는 내다볼 수 없었다. 내 계획서는 오직 성공을 위한 것이었으며 어떤 수첩에도 실패를 위한 페이지는 없었다.

손실 같은 건 생각지도 않았다. 난 오직 얻을 것만 계획했다. 비록 예기치 않은 비가 내릴지라도 곧 무지개가 뜰 거라고 난 믿었다.

인생이 내 계획서대로 되지 않았을 때 나는 전혀 이해할 수 없었다. 나는 크게 실망했다. 하지만 인생은 나를 위해 또 다른 계획서를 써놓았다. 현명하게도 그것은 나에게 자신의 존재를 알리지 않았다. 내가 경솔함을 깨닫고 더 많은 걸 배울 때까지.

인생의 저무는 황혼 속에 앉아 난 깨달았다. 인생이 얼마나 지혜롭게 나를 위한 계획서를 만들었는지를. 그리고 이제 나는 안다. 그 또 다른 계획서가 나에게는 최상의 것이었음을.

―글래디 로울러

성공 TIPS 성공 인생은 행동에 달려 있는 것이다. 준비 없는 미래는 고통과 외로움만 안겨주고, 준비 있는 미래는 희망과 기쁨을 가져다준다. 조금이라도 젊었을 때 내 인생의 설계도를 작성하자. 내 인생의 아젠다를 설정하자. 그리고 그 로드 맵에 따라 반드시 실천해나가는 삶이 되도록 노력하자. 인생의 가을을 대비하는 지혜를 갖자.

어떤 사람이 성공할까?

성공의 비결은 목적을 향해 시종일관 노력하는 것이다. 한 가지 목표를 버리지 않고 지켜나가면 반드기 싹이 틀 때가 온다. 사람이 성공하지 못하는 것은 처음부터 끝까지 한길로 나가지 않았기 때문이지 성공의 길이 험난해서가 아니다. 한마음 한뜻은 쇠를 뚫고 만물을 굴복시킬 수 있다. —벤저민 디즈레일리

"성공이란 무엇일까? 어떤 사람이 성공을 할까? 어떻게 하는 것이 성공에 오르는 지름길일까? 나는 지금부터 어떠한 마음가짐으로 임해야 성공할 수 있을까? 어떻게 해야 성공을 이루고 행복한 삶을 살아갈 수 있을까?"

누구나 이에 대해 수많은 물음을 던져봤을 것이다. 그리고 이 책을 통해서 그에 대한 정립을 했을 것이다. 그리고 당신 또한 성공인이 되기 위해 온고지신과 타산지석의 마음으로 자신의 그릇을 키우는 데 매진하고 있을 것이다. 성공한 사람들의 면면을 훑어보면 어느 특정한 한두 가지를 제외하고는 공통분모를 발견할 수 있다. 따라서 책 끝머리에 일반적으로 성공인들이 갖고 있는 습관과 성공으로 향할 수 있었던 비결을 최대공약수로 뽑고 동시에 종합적으로 분

석하여 다음과 같이 정리해보고자 한다.

이제 당신은 성공에 이르는 길은 멀리 있는 것이 아니라 행운의 파랑새처럼 우리 주변에 있는 사소한 것들로부터 출발한다는 것을 알게 될 것이다. 그리고 다시금 자신감과 용기로 어렵지 않게 성공의 자락을 움켜잡고 그 문을 무사히 통과할 수 있을 것이다.

▶ 성공하는 사람들이 공통적으로 갖고 있는 12가지 TIPS

1_확실한 꿈과 목표를 갖고 있다.

성공하는 사람은 어렸을 때 가졌던 꿈을 이루려고 늘 노력한다. 동심의 순수함을 잃지 않으려는 것이다. 그래서 그들은 일이 잘될 때나 안 될 때나 그 꿈을 포기하지 않는다. 원대한 꿈을 품고서 어떠한 어려움이 닥쳐도 자신의 뜻한 바를 굽히지 않고 반드시 이루고야 말겠다는 집념과 열정으로 가득 차 있다.

2_얼굴에 자신감이 넘쳐 있다.

모든 것의 출발점은 자신감이다. 자신감은 성공의 원동력이요, 비결이다. 자신감이 있는 사람은 두려움이 없으며, 하고자 하는 의욕이 강하고, 할 수 있다는 신념이 넘친다. 자신감 있는 얼굴은 생기가 있고, 눈에 정기가 빛나고, 팔다리에 기운이 넘치고, 걸음걸이도 씩씩하다. 그런 사람은 쉽게 화를 내지도 않고 어떤 상황도 의연하게 받아들인다.

그러나 열등감에 사로잡혀 있는 사람은 발랄한 젊음도 순수한 개성미도 없고, 그렇기 때문에 성공의 여신도 다가오지 않는다. 사소한 일에 신경을 곤두세우고 곧잘 의기소침해지거나 불평과 화를 낸다. 그런 사람은 대부분 다른 사람에게서 큰소리로 핀잔을 듣는 경우가 많다. 이들은 결코 큰 그릇이 될 수 없다.

인생에 있어서 우리가 해야 할 일은 타인을 앞지르는 것이 아니라 자신을 앞지르는 것이다. 할 수 있다는 자신감을 갖고 되도록 걱정을 적게 하고 행동을 많이 하는 적극적인 삶을 살아야 한다.

3_겸손하고 따스하며 순수한 마음을 갖고 있다.

벼가 익으면 고개를 숙이듯이 성공한 사람들은 결코 잘난 체하지 않는다. 자기가 성공했다고 거드름을 피우거나 다른 사람을 업신여기지 않는다. 그들은 자신이 성공한 이유가 자신의 노력에도 있지만 수많은 사람의 도움과 상생의 과정에서 움튼 결과물임을 알기 때문이다. 항상 바른 행동과 겸손한 마음이 성공에 오를 수 있는 지름길을 마련해준다.

그리고 성공하는 사람들은 가끔 아이 같은 표정으로 주위 사람들을 사로잡곤 한다. 무서움을 모르는 순수한 어린아이의 마음, 천진하고 순수한 눈동자를 가진 사람을 주목해보라. 그 사람이 무언가를 열심히 말하고 있는 모습을 보면 겉모습은 어른이지만 그 내면에는 순수한 동심이 엿보여 기분이 좋아진다.

선한 사람은 선한 마음의 창고에서 선한 것을 내놓고, 악한 사람은 악한 마음의 창고에서 악한 것을 내놓는다고 한다. 사람은 겸손한 마음으로,

따스한 마음으로, 순수한 마음으로 일생을 배우는 자세로 살아야 한다. 그래야 성공인으로 대접을 받을 수 있게 된다. 무슨 일을 하든 그에 임하는 마음가짐이 매우 중요하다.

4_미치지(狂) 않으면 못 미친다(及)는 것을 알고 행한다.

성공한 사람들은 자신의 일에 전력투구한 의지의 상징이다. 최선을 다해 일하는 모습이 성공의 여신에게 아름답게 다가오는 것이다. 불광불급(不狂不及)이다. 무릇 자기가 하는 일에 미쳐야(狂) 한다. 즉 전문가가 되어야 한다. 지금은 전문가가 아니면 살아남을 수 없는 비즈니스 시대다. 성공한 사람 치고 자기가 맡은 분야에서 전문가가 아닌 사람이 있는가? 자기 분야에서 일인자가 아닌 사람이 있는가?

최고가 되려면 최고를 향해 나의 모든 것을 던지고 투자해야 한다. 지금은 최고가 아니면 꼴찌가 되는 세상이다. 못해도 중간만 가면 된다는 생각은 이젠 불식시켜야 한다. 애매모호하게 행동하는 중간 사람은 보통 사람이 아닌 인생의 낙오자가 될 수밖에 없다. 세상은 그렇게 낙인을 찍고 있다.

자기 분야에 미치지 않으면 결코 성공에 이르지 못한다. 인생 목표를 완수하기 위해 혼신의 힘을 기울여 정열적으로 일할 때 성공은 다가오는 것이다.

5_가정을 매우 소중히 여긴다.

이 세상에서 가장 소중한 삶의 안식처는 가정이다. 가정보다 아늑한 보금자리는 없다. 인간에게 조물주가 보내준 선물 가운데 하나가 바로 가정이다. 인간은 가정과 직업을 갖고 평생을 살아가게 되는데 가정이 무너지면 모든 것이 무너지게 된다. '가화만사성(家和萬事成)'이란 말이 있다. 가정이 화목해야 모든 일들이 순탄하게 이루어진다는 말이다. 따라서 성공하려면 무엇보다도 가정이 화목해야 한다. 성공하는 사람일수록 성실하다고 말할 수 있다. 가정이나 가족을 소중히 여기지 않는 사람은 어딘지 모르게 마음이 들떠 있어 신뢰하기 힘들다.

언제나 웃음과 사랑이 넘치는 가정, 행복이 넘치는 살가운 가정을 꾸며 나가도록 노력해야 한다. 화목한 가정은 성공을 일구어내는 최고의 인프라다. 가족의 도움 없이 성공의 나래를 펼치기란 쉽지 않다. 가족은 내 인생의 성공을 확신하고 가장 많은 도움을 주고 아낌없이 베풀어주는 최고의 멘토요, 수호천사인 것이다.

6_일을 할 때는 철저히 준비하고 피드백을 한다.

올림픽 경기를 보았는가? 거기서 우승하는 선수들은 아니 그 경기에 참가하는 모든 선수는 자그마치 4년 이상을 오로지 올림픽 경기에서 승리의 월계관을 쓰기 위한 일념으로 자신의 기량을 갈고 닦아온 사람들이다. 성공한 사람 치고 일을 대충 시작하는 사람은 없다. 철저한 계획 속에 뚜렷한 목표 의식을 갖고 아젠다를 형성하여 꿋꿋하게 해나간다. 무엇을 하든 계획성 있게 행동한다. 비즈니스에 있어서 중요한 사람을 만나야 한다면 사전에 미리 준비하는 계획성을 가져야 한다. 그리고 일을 한 후에는 경영관리 사이클에 입각해서 반드시 그 성과에 대한 피드백(Feedback)과 팔로우 십(Follow Ship)이 뒤따라야 한다. 무엇이 잘 되었고 잘못되었는지를 알고, 시행착오를 줄여나가는 것이 성공에 이르는 지름길이다.

7_돈을 유효적절하게 활용한다.

시장경제 사회인 이 세상에서 돈보다 소중한 물질은 없지만, 또한 돈보다 추한 것도 없다. 그만큼 돈은 우리 생활에 양면성을 가지고 있다. 돈은 많을수록 좋다고 한다. 그러나 아무리 많은 돈을 벌고, 아무리 좋은 집에서 산다고 해도 결코 지속적인 만족을 얻지는 못할 것이다. 그런 사람들은 보다 행복한 삶을 위한다면서 보다 좋은 물건, 보다 많은 돈에 집착한다. 그렇게 살다 보면 언젠가는 마음의 곳간이 텅텅 비어 반드시 후회하는 삶으로 끝을 맺게 된다.

"승자는 돈을 다스리지만 패자는 돈에 지배를 당한다"라는 말이 있다. 이는 돈을 버는 것만이 능사가 아니라, 돈을 지배할 수 있는 상황과 인간의 완성이 중요하다는 것을 뜻하는 경구다. 성공한 사람을 보면 그들은 돈을 어디에 써야 할지 잘 판단하여 쓴다. 단순히 과시하기 위해서는 돈을 쓰지 않는다. 돈의 용도를 확실하게 구분해서 쓰는 사람과 자신에게 투자하는 데 돈을 아끼지 않는 사람이라면 성공의 가능성을 점쳐볼 수 있다. 뛰어난 대중 연설가인 오스트레일리아의 앤드루 매슈스가 "돈을 끌어오고 받아들이는 능력이 당신이 얼마나 돈을 만지며 살 수 있는가를 결정한다"라고 말했듯이 돈의 가치를 잘 활용해서 슬기롭게 살아가는 기술을 터득해야만 성공인이 될 수 있다.

8_모든 일에 끝까지 최선을 다한다.

모든 일에는 시작도 중요하지만 끝맺음이 더욱 중요하다. 성공인과 실패인의 차이는 일에 대한 집념의 정도에 있다. 마라톤 경기에서 끝까지 완주하는 선수들의 모습은 매우 아름다워 보인다. 성공인은 한두 번 실패를 통해 자신의 단점을 알게 되면 이것을 극복해 더욱 강한 사람으로 거듭난다. 그러나 실패인은 한번 넘어지면 그것을 본인의 징크스로 여겨 하는 일마다 남의 탓으로, 또는 운명으로 돌린다. 장애를 극복하고 성공에 이른 사람에게서는 반드시 '헝그리 정신'을 찾을 수 있다. 부딪쳐오는 상황에 따라 대응 방식을 정하고, 정해진 방식에 따라 최선을 다한 결과를 겸허하게 받아들이는 삶이 여물도록 해야 한다. 내일을 위해 오늘을 열심히 살고, '지금부터'라고 결정했다면 조금도 미루지 말고 그 자리에서 행동으로 옮기는 사람이 성공하는 사람이다. 화룡점정의 기회를 잘 포착하여 멋진 성공이 이루어지도록 해야 한다.

아무리 사소한 일이라도 최선을 다해 노력하는 것이 중요하다. 인생은 거듭해서 살 수 없는 것이기에 날마다 최선을 다하는 생활을 해나가야 한다. 인류의 역사에 이름을 남긴 사람들의 삶은 모두 피나는 노력의 결과로 이루어졌다. 승자는 달리면서 이미 행복을 느끼지만, 패자는 경주가 끝나야 행복이 결정된다고 한다. 최선이 곧 승리의 길이다. 절대로 중도에 포기해선 안 된다. 한 번의 포기는 습관화되기 쉬워 조금만 힘들어도 계속 포기하는 치명적인 결과를 초래하기 때문이다.

9_은은한 매력으로 상대방을 반하게 만든다.

성공하는 사람 중에는 그들만의 독창적인 묘한 매력을 풍기는 사람이 많다. 경우에 따라서는 이성은 물론 동성이 반할 만한 사람도 있다. 그런 사람은 저 사람을 위해서라면 몸을 불사를 정도로 열심히 일하고 희생까지도 감수하겠다는 생각을 품게 만든다. 그런 사람이 되기 위해서는 상대방의 아픔을 나의 아픔으로 받아들이며, 그 상처를 쓰다듬어줄 줄 아는 아량이 있어야 한다. 즉 남을 위해 봉사하려는 마음을 늘 견지해가면서 살아야 한다. 그러나 매력이란 하루아침에 형성되는 것이 아니다. 사골을 푹 삶아야 진한 국물이 나오듯이 매력 또한 그 사람의 삶이 무르익을 때에 풍겨나오는 것이다. 상대방을 반하게 하려면 자기 계발과 관리에 부단히 노력해야 한다. 인품이 돋보여야 매력이 생긴다. 매력의 발산은 성공을 이룩하는 기폭제가 되어준다.

10_매사에 진실하며 거짓말을 하지 않는다.

성공인들은 대부분 자신의 일을 합리화해서 말하지 않는다. 설령 자기가 잘못을 저질렀다고 해도 변명으로 일관하지 않는다. 자신의 잘못을 시인하면서 더 나은 자신의 인격을 위해 스스로 채찍질한다. 따라서 말을 하게 될 때에는 반드시 약속을 지켜야 한다. 만약 하고 싶지 않을 때나 말할 수 없을 때에는 "지금은 말할 수 없습니다"라고 말하는 것이 낫다. 타인에게도 자신에게도 거짓말을 해서는 안 된다. 그러나 인간은 간혹 거짓말을 하거나 잘못을 저지를 수도 있다. 그렇지만 그 잘못을 진심으로 뉘우치고 시정한다면 용서받을 수 있고, 남을 이해시키고 감동시킬 수 있다. 그로써 나의 이미지를 보다 좋게 향상시킬 수 있는 환경이 조성될 수 있는 것이다. 성공하는 사람들은 겉과 속이 같다. 말 한마디가 내심에서 우러나오기 때문에 그 사람의 가치를 드높여준다.

11_언제나 배우려는 자세를 견지한다.

성공인들은 공자의 말씀처럼 어느 것에서나 자신에게 도움이 된다고 생각하면 배움에 수고를 마다하지 않는다. 이들은 아랫사람에게서도 배운다. 세상 모든 것을 스승으로 삼는다. 만약 당신이 능력 있는 상사라면 부하 직원들의 잠재 능력을 이끌어내 발휘할 수 있게 해줘야 한다. 그리고 아랫사람에게서도 배우겠다는 열린 마음을 가져야 한다. 실제로 이런 사람이 최후에 사람을 완전히 자기 편이 되게 한 다음 조직을 뜻대로 이끄는 진정한 리더가 될 수 있는 것이다. 우리 인생에 있어서 배움에는 끝이 없다. 각종 매체를 통해 항상 정보를 수집하고 지식을 쌓고 이를 토대로 지혜를 발휘해나가는 생활이 습관화되도록 해야 한다. 배움의 자세가 여물어야 성공의 씨앗도 움튼다. 배움이 폭넓게 지속되어 지식이 쌓이고 지혜가 발휘되어야 성공인이 될 수 있다.

12_사람을 남기려는 마음으로 인생을 살아간다.

성공한 사람은 후세 사람들이 그들을 존경하게끔 마무리를 장식한다. 그런데 그것은 부와 명예, 권세에서 인한 것이 아니라 그들의 성품에서 인한 것이다. 성공인은 비즈니스나 세일즈를 할 때 다른 사람들을 이익을 챙기기 위한 수단으로 보지 않고 상생의 동업자 입장에 서서 그들을 대해 사람을 남기려는 자세를 취한다. 조선 말 거상인 임상옥은 상인이 가져야 할 도리, 즉 상도(商道)에 대해 이렇게 말했다.

"큰 상인은 돈을 좇는 것이 아니라 의(신의)를 좇는 것이다. 장사란 이익을 남기기보다 사람을 남기기 위한 것이다. 사람이야말로 장사로 얻을 수 있는 최고의 이윤이다. 신용이야말로 장사로 얻을 수 있는 최대의 자산인 것이다. 따라서 사람을 남기는 법을 알아야 진정한 상인이 될 수 있다. 재물은 평등하기가 물과 같고, 사람은 바르기가 저울과 같다."

이것이 바로 인생을 성공적으로 아름답게 살아갈 수 있는 비결이다. 부족하다고 생각하면서 과욕을 부리면 끝없이 그 웅덩이에 빠져들게 된다. 당장 눈앞에 보이는 하나를 얻으려고 바둥거리면 그 하나마저도 놓치게 된다. 그러나 보다 큰 것을 얻기 위해 시야를 넓게 갖고 모든 사람을 자신의 편으로 만들어나가면 지금 당장은 잃는 것이 있을지 몰라도 언젠가는 뿌린 만큼 거두게 되는 것이 세상 이치다. 더불어 살아가는 기쁨을 알고 이웃을 보듬으면서 살갑게 살아가면 재물과 행복은 자신의 곁으로 저절로 찾아오는 것이다. 사람을 남기려는 삶, 이것이 성공을 향한 지름길이다. 그리고 한 가지, 꼭 일러주고 싶은 말은 성공이란 거창한 것이 아니라는 것이다.

미국 사상가며 법학자인 랠프 월도 에머슨은 성공에 대해 이렇게 읊었다.

▶ 성공이란?

자주 그리고 많이 웃는 것.

현명한 이에게 존경을 받고 아이들에게서 사랑을 받는 것.

정직한 비평가의 찬사를 듣고 친구의 배반을 참아내는 것.

아름다움을 식별할 줄 알며 다른 사람에게서 최선의 것을 발견하는 것.

건강한 아이를 낳든, 작은 정원을 가꾸든, 사회 환경을 개선하든 자기가 태어나기 전보다 세상을 조금이라도 살기 좋은 곳으로 만들어놓고 떠나는 것.

자신이 한때 이곳에 살았음으로 해서 단 한 사람의 인생이라도 행복해지는 것.

이것이 진정한 성공이다.

－랠프 월도 에머슨

이 글은 어느 신문사에서 조사한 결과 우리나라 CEO들이 가장 좋아하고 늘 가슴속에 간직하고 있는 최고의 시라고 한다. 진정한 성공이란 자신이 한때 이곳에 살았음으로 해서 단 한 사람의 인생이라도 행복해지는 것이라는 에머슨의 말이 너무나 아름답게 메아리쳐 울려오지 않는가?

성공이란 행복과 같이 그리 멀리 있는 것이 아니다. 우리 주위에 있는 작은 것부터 하나하나 실천해나가는 삶 속에서 성공은 다가오는 것이다. 당신의 인생도 위에 실린 글처럼 아름답게 가꾸어나간다면 어느 순간에 스스로 성공의 문턱에 다다르고 행복의 물결이 저절로 스며들고 있음을 느끼게 될 것이다.

성공은 늘 내가 아닌 다른 사람과 상생의 길을 걸어갈 때 이루어지는 천칭과 같다. 그래서 성공의 요소는 행복과 맥을 같이한다. 행복이 늘 우리 가까이에 있듯이 성공의 요소 또한 항상 우리 주변에 잠재해 있다는 사실을 인식해야 한다.

성공 비타민인 소중한 다섯 가지의 씨앗

탈고를 하면서 인생을 어떻게 살아야 아름답게 사는 것이고, 또한 어떻게 보내야 알차게 보내는 것이며, 어떻게 실천해야 성공한 사람으로 길이 남을 수 있는지에 대해 나름대로 현실의 무게감에 사색을 얹어 고심해보았다.

문득 유교 경전 사서 중의 하나인 「대학」에 있는 "격물(格物), 치지(致知), 성의(誠意), 정심(正心), 수신(修身), 제가(齊家), 치국(治國), 평천하(平天下)"란 팔조목(八條目)의 글귀가 떠올랐다.

이는 "무릇 나라를 다스리고자 하는 사람은 먼저 그 집안을 화목하게 하고, 그 집안을 화목하게 하려는 사람은 먼저 자신을 수양하고, 자신을 수양하고자 하는 사람은 먼저 자신의 마음가짐을 올바르게 하고, 마음가짐을 올바르게 하려고 하는 사람은 먼저 그 뜻을 성실하게 하고, 그 뜻을 성실하게 하려는 사람은 먼저 지식을 쌓고, 그 지식을 얻으려면 먼저 모든 사물에 접하여 그 이치를 궁구(窮究)하여야 한다"

라는 뜻이다. 우리의 성공을 향한 인생살이를 함축적으로 설파한 경구라고 할 수 있다.

그렇다. 드넓은 강과 바다도 처음엔 아주 작은 한 줄기 옹달샘에서 시작했듯이 성공으로 가는 시발점도 그와 같다고 할 수 있다. 즉, 마음가짐과 태도에 따라 그리고 결심과 실천하려는 의지에 따라 그 빛깔이 다르게 나타나는 것이다.

세상 모든 것은 아주 작은 씨앗에서부터 출발해서 그 형태를 이루어나간다는 것은 누구나 알고 있는 사실일 것이다.

태초에 조물주는 인간에게 다섯 가지의 씨앗을 심어주었다고 한다. 마음씨와 말씨, 솜씨, 맵시, 불씨 등이 그것이다. 맨 처음 마음씨가 올바로 싹을 틔워야만 인성이 바르게 크고, 생각이 바른 가운데 나오는 말씨는 듣는 이의 마음에 평안을 심어준다. 그리고 언제나 상대방을 배려하면서 경청하고, 비판보다는 대안을 제시하는 발전 지향적인 행동력을 낳게 하기도 한다. 말보다는 실천이 중요하다고 하듯이, 마음속에 있는 뜻을 형상화하여 말로 승화시키고, 자신이 내뱉은 말에 책임지고 실천하는 확고한 자세를 견지해나간다면 아무리 어눌한 말씨라 하더라도 솜씨를 맛깔스럽게 발휘하여 그 사람의 됨됨이를 아름답게 비춰줄 것이다. 즉 맵시가 나서 아름다운 뒷모습과 함께 언제나 향기를 풍기는 사람이 되는 것이다.

"그 사람의 맵시가 좋다"라는 말은 곧 그 사람에게서 풍겨나오는 이미지가 좋다는 의미인데, 이는 곧 현재의 삶이 아름답게 펼쳐지고 있다, 즉 성공을 했고, 그 길을 현재 가고 있기에 멋있어 보인다는 것이다.

그리고 마지막 씨앗은 불씨, 즉 당신의 내면에 깊이 자리해 있는 '씨불'이다. '씨불'은 당신의 마음 속에 아직도 잠자고 있는 숨은 능력을 일컫는다. 이 소중한 가치인 '씨불'을 되살려 밖으로 표출시켜야만 맵시가 더욱 돋보이게 된다. '씨불'이 하루빨리 빛을 발해 핵심 역량이 강화되어야 성공으로 향한 동선이 확실히 보이고 짧아지는 것이다. 당신의 가치는 이 '씨불'을 어떻게 얼마나 키워나가느냐에 따라 다르게 나타날 것이고, 당신의 삶의 궤적 또한 이에 따라 그려지게 될 것이다.

이 다섯 가지의 씨앗이 바로 당신의 성공을 향한 너무나 소중한 '성공 비타민'이다.

이렇듯 성공의 열매를 맺기 위해서 하늘이 우리에게 준 선물인 다섯 가지 씨앗을 올곧게 심고 튼실하게 가꾸어나가야 한다.

혹시 지금 당신은 너무 바삐 성공의 자락을 움켜쥐려고 애쓰고 있지는 않은가? 혹시 힘들고 지쳤다고 너무 쉽게 성공을 포기하려는 것은 아닌가?

모든 것은 때가 있는 법이다. 씨를 뿌려야 할 때, 거름을 주어야 할 때, 김매기를 해야 할 때, 수확을 해야 할 때, 잘 간직해야 할 때가 다 따로 있는 것이다.

늘 농부의 마음으로 나 자신의 성공을 향한 씨앗을 심고 뿌리고 일구고 가꾸어나가다 보면 큰 바위 얼굴과 같이 어느새 성공의 문턱에 와 있는 자신을 발견할 수 있을 것이다.

우리가 성공을 하려는 궁극적인 목적은 서두에서 피력했듯이 행복한 삶을 추구하고 향유하기 위한 것이라고 할 수 있다. 따라서 행복한 삶을 살아가려면 그 이전에 반드시 성공해야 한다. 그러나 성공을 향해 가는 길에는 수많은 난관과 고통, 좌절과 실망, 피와 땀이 반드시 뒤따른다는 것을 가슴 깊이 새겨야 한다. 비가 온 뒤에야 땅이 굳는다는 이치를 다시금 기억하면서 한 번뿐인 인생, 멋있고 아름답게 살길 기대한다.

끝으로 성공이란 일에 대한 성공에 국한되는 것이 아니라, 행복한 삶을 살아가야만 진정한 성공이라 할 수 있다는 것을 다시금 강조하면서 당신의 성공과 행복한 삶에 이 책이 하나의 밀알이 되길 바라는 마음 간절히 끌어안아 본다.